रास्ते प्यार के

उपन्यास

डॉ. रंजना वर्मा

ISBN 978-93-5559-230-9

Published in India 2021 by Pencil

A brand of
One Point Six Technologies Pvt. Ltd.
123, Building J2, Shram Seva Premises,
Wadala Truck Terminal, Wadala (E)
Mumbai 400037, Maharashtra, INDIA
E connect@thepencilapp.com
W www.thepencilapp.com

Author biography

नाम - डॉ. रंजना वर्मा

जन्म - 15 जनवरी 1952, शहर जौनपुर में।

शिक्षा - एम.ए. (संस्कृत, प्राचीन इतिहास) पी.एच.डी.(संस्कृत)।

लेखन एवम् प्रकाशन - वर्ष 1967 से देश की लब्ध प्रतिष्ठ पत्र पत्रिकाओं में, हिंदी की लगभग सभी विधाओं में। कुछ रचनाएँ उर्दू में भी प्रकाशित।प्रकाशित कृतियाँ - साईं गाथा (महाकाव्य)। अश्रु अवलि, सर्जना, समर्पिता, सावन, कैकेयी का मनस्ताप, वैदेही व्यथा, संविधान निर्माता, द्रुपद - सुता, सुदामा,(सभी खण्ड काव्य)। चन्द्रमा की गोद में (बाल उपन्यास), समृद्धि का रहस्य, जादुई पहाड़, मङ्गला, पोंगा पण्डित,(सभी बाल कथा संग्रह), मुस्कान (बाल गीत संग्रह), फुलवारी (शिशु गीत संग्रह)। जज़्बात, ख्वाहिशें, एहसास, प्यास, रंगे उल्फ़त, गुंचा, रौशनी के दिए, खुशबू रातरानी की, ख़्वाब अनछुए , शाम सुहानी, यादों के दीप, मंदाकिनी, आस किरन, बूँद बूँद आँसू (सभी ग़ज़ल संग्रह)। गीतिका गुंजन,

सरगम साँसों की, रजनीगन्धा, भावांजलि (गीतिका संग्रह), सत्यनारायण कथा (पद्यानुवाद)। मुक्तक मुक्ता, मुक्तकाञ्जलि, मन के मनके (सभी मुक्तक संग्रह)। दोहा सप्तशती, दोहा मंजरी (दोहा संकलन)। एक हवेली नौ अफ़साने, रास्ते प्यार के, अमला, पायल, अतीत के पृष्ठ, अँजोरिया, मर्डर मिस्ट्री (उपन्यास)। सूर्यास्त, सिंधु-सुता, परी है वो (कहानी संग्रह)। साँझ सुरमयी, गीत गुंजन, गीत धारा , मीत के गीत, आ जा मेरे मीत,(सभी गीत संग्रह)। बसन्त के फूल (कुण्डलिया संग्रह)। चुटकी भर रंग, जुगनू (दोनों हाइकु संग्रह)। चंदन वन (तांका संग्रह), इंद्रधनुष (चोका संग्रह), मेहंदी के बूटे (सेदोका संग्रह), नयी डगर (वर्ण पिरामिड संग्रह)।

'लौट आओ रुद्र' (उपन्यास का पूर्वार्द्ध) प्रेस में ।

सम्पादन -

मन के मोती, मकरंद , सौरभ, मौन मुखरित हो गया (चारो कविता संग्रह), अँजुरी भर गीत (गीत संग्रह), शेष अशेष

(स्मृति ग्रन्थ), हास्य प्रवाह (हास्य व्यंग्य कविताओं का संग्रह, थूकने का रहस्य, करामाती सुपारी (दोनों हास्य व्यंग्य संग्रह)।

प्रसारण -

गीत, वार्ता, तथा कहानियों का आकाशवाणी, फैज़ाबाद से समय समय पर प्रसारण।

सम्मान -

श्रीमती राजकिशोरी मिश्र सम्मान, श्रीमती सुभद्रा कुमारी चौहान स्मृति सम्मान, काव्यालंकार मानद उपाधि, छन्द श्री सम्मान, कुंडलिनी गौरव सम्मान, ग़ज़ल सम्राट सम्मान, श्रेष्ठ रचनाकार सम्मान, मुक्तक गौरव सम्मान, दोहा शिरोमणि सम्मान, सिंहावलोकनी मुक्तक भूषण सम्मान, दोहा मणि सम्मान।

सम्प्रति -

सेवा निवृत्त प्रधानाचार्या(रा0 बा0 इ0 कालेज जलालपुर, जिला अम्बेडकरनगर उ0 प्र0) से।

सम्पर्क सूत्र - ranjana.vermadr@gmail.com

CONTENTS

एक 7

दो 32

तीन 61

चार 90

पाँच 113

छै 130

एक

"अजरा !"

असीम ने अजरा को पुकारा लेकिन अजरा चुप थी । बिल्कुल खामोश ।

" तुम बोलती क्यों नहीं ? अजरा ! क्या जीवन का सुलझाव ढूँढ़ना गुनाह होता है ? क्या प्रेम करने वाले इंसान नहीं होते ? उनके दिल में क्या भावनाओं के तूफान नहीं उठते ?"

"मैंने कब इनकार किया ?"

अजरा ने शिथिल स्वर में पूछा ।

"तो .... तो क्या हमें अपनी राह ढूंढने का अधिकार नहीं है ? अजरा , तुम पीछे न हटो । फिर देखना , मैं जमाने से जूझ जाऊंगा । परिस्थितियों को अपना दास बना दूंगा ।"

"उत्तेजित न हो असीम ! शांत.. शांत... शांत..।"

"शांति ? शांति क्या होती है ? हम हमेशा शांत रहें चाहे समाज हमारा सर ही क्यों न कलम कर डाले । चुप रहना ही हमारे अधिकार की चीज है ?"

"तुम इतने बेचैन क्यों हो रहे हो ?"

"क्या यह बेचैन होने की बात नहीं है अजरा ?"

असीम का स्वर शिथिल हो गया । आँखों में उदासी झलक उठी ।

"मैंने तुम्हें प्यार किया है इसे तुम अच्छी तरह जानती हो । मेरा विवाह तय करते समय क्या मां-बाप को एक बार भी मुझसे नहीं पूछना चाहिए था ? विवाह मेरा होना था न कि उनका । फिर मुझसे पूछे बिना , मेरी सलाह लिए बिना विवाह का वादा कर लेना ......"

"तुमसे पूछना उनका कर्तव्य था लेकिन फिर भी वे तुम्हारे माता-पिता हैं । उनके मन में तुम्हारे प्रति प्रेम है । वे तुम्हारा भला चाहते हैं । कितने अरमानों से उन्होने तुम्हें पाला , बड़ा किया तो यह भरोसा भी कर लिया कि तुम उनकी बात पूरी करोगे । क्या इतना विश्वास करना अनुचित है ?और अब तुम्हारा फर्ज है कि तुम उस वादे को पूरा करो । पहले तुम्हारे

ऊपर मां का अधिकार है फिर किसी दूसरे का। पहले तुम माता पिता की संपत्ति हो बाद में ...."

"लेकिन मैं बेजान नही हूं न। मैं अपनी भावनाओं .... अपने हृदय का क्या करूं?"

"तुम्हारी भावनाएं तुम्हारे हृदय की संपत्ति हैं और तुम्हारा हृदय मां-बाप की देन। फिर उनके आदेश को मानने में सकुचाते क्यों हो? कितने अरमानों से उन्होंने तुझे पाला होगा .... कितने कष्ट सह कर तुम्हें इस योग्य बनाया कि तुम उनका संबल बन सको और तुम .... क्या तुम्हारी इस बात से उनका हृदय टुकड़े-टुकड़े नहीं हो जाएगा? क्या उनकी कोमल भावनाओं पर तुषाराघात करने के लिए तुम नहीं तत्पर हो रहे हो?"

"अजरा!"

असीम व्याकुल हो उठा। दोनों हाथों से सर थाम कर धम से पत्थर की शिला पर बैठ गया।

"मेरी भी समझ में नहीं आता अजरा कि मैं क्या करूं ...."

"कर्तव्य करो और कुछ नहीं। यह न भूलो मेरे देवता! कि भावना से कर्तव्य ऊंचा होता है। भावना को हम मिटा सकते हैं बदल सकते हैं लेकिन कर्तव्य नहीं टल सकता।"

असीम ने गहरी सांस ली और आह भरकर उसने अजरा की ओर देख कर पूछा -

"तो तुम मेरा साथ नहीं दोगी ?"

"कर्तव्य पथ में एक नहीं हजारों अजराओं को बलिदान किया जा सकता है असीम ! प्यार त्याग चाहता है स्वार्थ नहीं । प्रेम पथ ज्वाला का पथ है । उस पर चलने वाले को सुख कहां ?"

असीम अजरा की बात से निराश हो गया । उसका मन हुआ कि वह जोर जोर से रो पड़े लेकिन फिर उसने स्वयं को स्थिर कर लिया ।

"तो मैं जाऊं ?"

असीम ने पूछा ।

उसका यह प्रश्न अजरा के हृदय को चीरता चला गया । तिलमिलाकर उसने असीम की ओर देखा । असीम , उसका देवता , उसका प्रियतम जिसे वह अपना तन मन धन सौंपने का निश्चय कर चुकी है , जिसके ऊपर वह अपना सर्वस्व वार चुकी है , जिसको हृदय सौंपकर स्वयं हल्की हो गई है , वही असीम उसके सामने मिलन का प्रस्ताव लेकर आया है लेकिन वह उसे स्वीकार नहीं कर सकती । वही उसका स्वामी उससे पूछ रहा है 'तो मैं जाऊं ?' वह कितनी मजबूर है । असीम की

निराशा भरी आंखो ने उसे विचलित कर दिया। उसकी इच्छा हुई - रोक ले असीम को। कह दे, मत जाओ और सदा सदा के लिए उसकी हो जाए लेकिन फिर उसका कर्तव्य आड़े आ गया।

अजरा का मन कराह उठा थकी सी बोली -

"जाओ।"

असीम ने उसके स्वर में छिपे दर्द को अनुभव किया। उसने अजरा का हाथ थामा और हथेली पर प्यार की मुहर जड़ दी।

"विदा।"

"अलविदा।"

असीम तेज कदमों से चला गया। हमेशा हमेशा के लिए उसके जीवन से विदा लेता गया और अभागी अजरा.... उसने सहमी दृष्टि से आकाश की ओर देखा .... चंद्रमा हंस रहा था। तारे मुस्कुरा रहे थे और उनमें लुकी छिपी नभ की नीलिमा मानो उसके विवश प्रेम का उपहास कर रही थी।

उसने उस शिला की ओर देखा जिस पर से उठकर अभी-अभी असीम चला गया था। अभी कुछ देर पहले असीम उसका था। उसके जीवन का एक अंग, मन वीणा का मुख्य स्वर..

और अब वह उसका कोई भी नहीं रहा। एक ही क्षण में क्या से क्या हो गया।

"असीम ..... लौट आओ असीम ...... मत जाओ ..."

उसके होंठ काँपे और दूसरे ही क्षण उसका मूर्छित शरीर धरती पर लोट गया। उस कठोर पत्थर की शिला से लगकर सर घायल हो गया। खून की पतली धार बह निकली। उस खुली चांदनी में, चांदी जैसी उजली शिला के निकट पड़ा उसका गोरा बदन निश्चेष्ट हो गया। शीतल पवन उसके घावों को सहलाने लगा। चांदनी ने उसका मुख चूम लिया।

ooooooo

सलोनी अजरा की प्रिय सहेली थी। दोनों ही अकेली थीं। समाज के रिश्ते नाते के बंधनों से दूर एक सी परिस्थिति और एक से दुख ने दोनों के मन में समता ला दी थी और दोनों अभिन्न बन चुकी थीं।

बचपन में ही अजरा के माता पिता स्वर्ग सिधार गए थे। विधवा बुआ ने उसका लालन-पालन किया था और दो वर्ष पहले उसे दुल्हन बनाने की इच्छा मन में लिए संसार से कूच कर गई। अकेलेपन से घबरा उठी वह। अजरा जन्म से

मुसलमान थी लेकिन मंदिरों और हिंदुओं के धार्मिक स्थानों से उसे विशेष लगाव था ।

दशाश्वमेध घाट की सीढ़ियों पर बैठ कर कल कल करती गंगा का बहाव और उसकी गोद में सूर्य की छवि देखना उसे बहुत प्रिय था ।

ऐसे ही एक दिन जब वह सूर्यास्त देखने की इच्छा से दशाश्वमेध की सीढ़ियों पर पहुंची एक सांवली लड़की ने टोक दिया -

"नाव लाऊं बीबीजी ?"

अजरा ने उसकी ओर देखा । सांवले रंग और आकर्षक कद की पंद्रह सोलह वर्षीया युवती अल्हड़ता से खड़ी मुस्कुरा रही थी । अजरा को अपनी ओर उन्मुख पाकर फिर पूछ बैठी -

"नाव लाऊं माँ ?"

उसके इस संबोधन पर अजरा बरबस मुस्करा दी ।

"नहीं ।"

"चलो न, हरिश्चंद्र घाट तक घुमा लाऊं । ज्यादा नहीं , सिर्फ चार आने ।"

उसने फिर उसी सहजता से हठ किया ।

"चलो ।"

अजरा बोली और उसके साथ एक छोटी सी डोंगी में बैठ गई । डोंगी बहुत छोटी थी । एक बार में उसमें चार व्यक्तियों से अधिक न बैठ सकते थे । अजरा उस समय अकेली थी नाव पर ।

उस युवती ने रस्सी खोली और दोनों हाथों में पतवार लेकर बैठ गई । ऊंचा लहंगा और चुस्त अंगिया के ऊपर पड़ा हरे रंग का दुपट्टा उसे आकर्षक बना रहा था । अजरा लहरों की अठखेलियां देखने लगी । नाव धीरे धीरे कर आगे बढ़ती जा रही थी ।

बात चलाने के लिए अजरा ने पूछा -

"क्या नाम है तुम्हारा ?"

"सलोनी ।"

वह मुस्कुराई ।

"कहां रहती हो ?"

"यही । कभी नाव में सो जाती हूं , कभी शीतला मां के मंदिर में ।"

"और घरवाले ?"

"जब घर ही नहीं है तो घर वाले कहां से आएंगे ?"

"मां बाप कोई नहीं है ?"

"नहीं । मां-बाप को तो जानती भी नहीं । जब होश संभाला तभी से इन्हीं लहरों के साथ खेलती आई । पहले एक बूढ़ा मल्लाह यही हरिश्चंद्र घाट के पीछे रहता था । उसके साथ थी मैं । उसे बापू कहती थी लेकिन पिछले साल हैजा में चल बसा । उसी ने मुझे लयह डोंगी दी थी और चलाना सिखाया था । उसके मरने के बाद फिर उस झोपड़े में नहीं गई । यहीं कमा खा कर पड़ जाती हूं ।"

सलोनी ने कहा और अपनी स्वाभाविक हंसी बिखरा दी । अजरा को अपने मां-बाप की स्मृति सहला गई । उसकी आंखें भर आई ।

कुछ स्वस्थ होकर उसने सलोनी के सामने अपने घर चलने का प्रस्ताव रखा । पहले तो वह नहीं तैयार हुई थी लेकिन फिर मान गयी । तब से सलोनी अजरा के साथ रहने लगी । वह उसकी सखी , सेविका , अंतरंग सब कुछ थी । दोनों का जीवन

एक दूसरे से टकराता , हिलोरे लेता आगे बढ़ा जा रहा था तभी इनके जीवन में एक नए प्राणी का समावेश हुआ वह था असीम ।

शाम का धुंधलका अभी फैलना शुरू ही हुआ था । आकाश में अभी भी सफेदी थी । सूरज छिपने चला था । हल्की अरुणिमा पश्चिम के कपोलों पर खेल रही थी । गंगा के किनारे रेत पर बैठी अजरा सलोनी से बातें कर रही थी । सामने सूर्य का गोला गंगा की लहरों में खेलते खेलते थक कर अरुण हो चला था ।

नदी के वक्ष पर एक नाव इठलाती हुई किनारे की ओर बढ़ती आ रही थी । नाव पास पहुंची तो सलोनी उठती हुई बोली -

"अरे , यह तो मेरी नाव है ।"

"होगी बैठ तो ।"

अजरा ने रोकना चाहा ।

"बैठूँ क्यों ? मेरी नाव कोई मुझसे बिना पूछे कैसे ले जाएगा ?"

"तू तो लड़ने जा रही है जैसे । अब नाव लेकर तुझे करना क्या है ? बैठो रानी !"

अजरा ने उसे मनाते हुए कहा तो वह हंस पड़ी। बोली -

"ठहरो दीदी ! अभी तमाशा करती हूं। कोई सूट बूट वाले जनाब हैं।"

अजरा ने देखा , हल्के नीले रंग के सूट में सजा एक नवयुवक नाव किनारे लगाकर खूंटी से बांध रहा था। उसने कुछ कहना चाहा तब तक सलोनी ने अजरा का हाथ पकड़ कर खींच कर उठा दिया।

"उठो तो।"

और नाव की ओर बढ़ गई।

अजरा भी उसके पीछे थी। युवक के निकट पहुंच कर सलोनी ने पूछा -

"यह आपकी नाव है क्या ?"

"जी नहीं।"

उसने शांत स्वर में कहा।

"तो आप किस से पूछ कर इस पर सैर कर रहे थे ?"

"किसी से नहीं। नाव बंधी थी और मल्लाह कोई नहीं था इसलिए मैंने खोल ली और फिर ला कर वापस बांध भी दी।"

"तो क्या दूसरों की चीजें ऐसे ही उड़ाया करते हैं ?"

"उड़ाया कहां करता हूं देवी जी ? आपकी नाव तो सामने बंधी हुई है। उड़ाई होती तो कहीं आकाश में नजर आती नदी में न नज़र आती।"

"बहुत बदतमीज है। चोरी और सीनाजोरी।"

सलोनी ने बरबस अपनी मुस्कान रोकते हुए कहा।

"सीनाजोरी और आपसे ? बिल्कुल असंभव। वैसे तमीजदार तो बनना चाहता हूं लेकिन तमीज खुद ही शरमा कर भाग जाती है।"

उसने अजरा की ओर दृष्टि डालते हुए उत्तर दिया। उसकी बात पर अजरा की हँसी न रुकी। वह खिलखिला कर हंस पड़ी। सलोनी भी हंसी। वह युवक अब भी उनकी ओर देख कर धीरे धीरे मुस्करा रहा था।

सलोनी की बांह पकड़कर पीछे खींचती हुई अजरा बोली -

"चल री , किस सिरफिरे से बहस कर रही है ? देर न होगी ?"

"अरे दीदी , सिरफिरों को ठीक करना मुझे खूब आता है। आओ नाव पर चलें।"

"इस समय ? शाम तो गहराने लगी है ।"

"तो क्या हुआ ? चलो उस पार चलें । एक घंटे में लौट आएंगे ।"

"एक घंटा तो आते जाते ही लग जाएगा ।"

अजरा ने विरोध किया ।

"तो ऐसे ही कुछ देर नाव पर घूमेंगे । फिर लौट आएंगे । घड़ी देख लेना । एक घंटे से एक मिनट भी ज्यादा नहीं । चलो न ।"

"चलो ।"

सलोनी के हठ के आगे अजरा को झुकना पड़ा । वह नाव में जा चढ़ी । रस्सी का बंधन खोलते हुए सलोनी ने उस युवक की ओर देखा और जीभ दिखाती हुई नाव पर कूद गई । युवक झेंपी दृष्टि से अजरा को देखकर मुस्करा दिया । नाव आगे बढ़ गई ।

यही थी उनकी पहली भेंट । उसके बाद जब तब उनकी मुलाकात होती रही । कभी गंगा किनारे तो कभी गोदौलिया पर । कभी पिक्चर हाल में तो कभी किसी पार्क में आते जाते वे मिल जाते । धीरे-धीरे दोनों का परिचय बढ़ा और घनिष्ठ होता हुआ प्यार में बदल गया । घनिष्ठता ने ही धीरे-धीरे प्रेम का रूप ले लिया । अजरा ने असीम को अपने मन का मालिक बना

लिया और असीम उसकी श्यामल अलकराशि में अपना जीवन सुख ढूंढने का प्रयत्न करने लगा। दोनों का जीवन अनजाने ही एक दूसरे को समर्पित हो गया। असीम अजरा का हो गया और अजरा असीम की। दोनों की प्रत्येक साँस एक दूसरे की हो गई। उनके दिलों की धड़कनें एक दूसरे का प्यार पाकर अनवरत रूप से गुनगुनाने लगी।

प्रेम की अंगारों भरी राह पर चलने से पहले एक बार भी उन्हें समाज का भय न हुआ। कभी भी उनके मन में यह बात न आई कि वे विभिन्न धर्मी हैं। विजातीय हैं। ऐसी ही प्यार भरी जिंदगी जी रहे थे दोनों।

एक दिन असीम ने अजरा का हाथ थाम लिया।

"अजरा !"

उसका स्वर प्यार में डूबा हुआ था।

"कहो।"

सलज्ज दृष्टि उठाते हुए पूछा था अजरा ने।

"वादा करो रानी ! कि मेरा साथ जिंदगी के हर मोड़ पर , इस राह के हर कदम पर दोगी। हम कदम से कदम मिला कर चलेंगे चाहे कैसी भी आपदा क्यों न आए।"

"पहले तुम वादा करो असीम कि इस हाथ थामने की लाज रखोगे ।"

अजरा मंद स्वर में बोली ।

"वादा करता हूं । तुम्हारे प्यार की कसम ।"

असीम के चेहरे पर दृढ़ता की छाप थी ।

"तो मैं भी वादा करती हूं मेरे जीवन ! कि जीवन भर तुम्हारे सिवा किसी और की न बनूँगी ।"

असीम ने भावावेश में उसका मस्तक चूम कर कहा था -

"तुम कितनी अच्छी हो ।"

और उसी प्यार के वादे करने वाली अजरा ने असीम से कहा था ,'जाओ' । और वह विदा हो गया था । कितना मजबूर होता है इंसान ।

ooooooo

अजरा बेहोश थी। उसे दीन दुनिया की फिक्र न थी और इधर सलोनी बेचैनी से कमरे में चहल कदमी कर रही थी। सलोनी अजरा को बहुत प्यार करती थी। दोनों एक प्राण दो शरीर थीं। वह जानती थी कि अजरा असीम को अपना दिल सौंप चुकी है और इसीलिए कभी-कभी भावी की आशंका से दहल उठती थी।

असीम हिंदू था और कोई भी हिंदू किसी मुसलमान लड़की से विवाह करे इसे यह समाज कभी भी सहन नहीं कर सकता। इसी से सलोनी रह-रहकर उस प्यार के भयानक परिणाम की कल्पना करके सिहर उठा करती थी।

रातों में अक्सर वह उठती तो अजरा का पलंग खाली पाती। एक बार उसने उसे असीम के साथ देखा था इसलिए निश्चिंत रहती थी क्योंकि वह जानती थी कि अजरा असीम के प्रति समर्पित हो चुकी है। आज रात भी जब वह उठी तो पलंग खाली था। अकेलेपन के एहसास ने उसे सिहरा दिया। लेटे ही लेटे वह अजरा के विषय में सोचने लगी और अजरा तथा असीम के परिणय की मधुर कल्पना में डूब गई लेकिन यह सुख स्वप्न अधिक देर नहीं रहा।

कुछ ही देर बाद उसका मन बेचैन हो गया। बार बार उसकी इच्छा होती कि चल कर अजरा को ढूंढे। काफी देर वह

मन को बहलाने का प्रयास करती पड़ी रही लेकिन जब पड़े रहना असम्भव हो गया तो वह अपने कमरे में चहल कदमी करने लगी और फिर धीरे से किवाड़ खोल कर बाहर निकल आई ।

सलोनी ने बड़े अहाते में प्रवेश किया । वह खड़ी होकर इधर-उधर देखने लगी । हवा का एक ठंडा झोंका उसे सहलाता निकल गया । मन में तर्क वितर्क उठने लगे । न जाने अजरा असीम के साथ कैसी स्थिति में हो , क्या बातें हो रही हो तो क्या जाना उचित होगा ? किंतु विकलता न मानी ।

वह धीरे-धीरे बढ़ती हुई आम के पेड़ के नीचे जा पहुंची । एक ओर शुभ्र शिला चांदनी में चमक रही थी लेकिन अजरा और असीम का पता न था । कहीं इधर उधर बैठे होंगे यह सोचकर वह मुस्करा दी । तभी उसकी दृष्टि भूमि पर पड़ी ।

अजरा के मूर्छित शरीर को देखकर वह चकित रह गई । घबरा कर उसके पास पहुंची । दिल पर हाथ रख कर धड़कन देखी फिर आश्वस्त हो उसे धीरे से उठा कर कंधे पर रख लिया । श्रमजीवी सलोनी के लिए यह कोई बड़ी बात न थी ।

उसने अजरा को कमरे में लाकर पलंग पर लिटा दिया और पंखा ऑन कर दिया । हीटर पर दूध चढ़ा कर वह उसके

पास लौट आई और ठंडे पानी के छींटे देकर उसे होश में लाने का प्रयत्न करने लगी । कुछ देर बाद अजरा ने आंखें खोल दी ।

अधर काँपे -

"वे चले गए ?"

"हां ।"

सलोनी ने संक्षिप्त उत्तर दिया और हीटर पर से दूध उतार कर गिलास में ढाल कर उसकी ओर बढ़ा दिया ।

"लो, पियो ।"

अजरा ने इंकार कर दिया । उसे सब कुछ याद आ रहा था । असीम की स्मृति और प्रेम की असफलता ने उसे झकझोर दिया । तकिए में मुंह छुपा कर वह धीरे धीरे सिसकने लगी ।

"पी लो दीदी !"

सलोनी ने उसे ढांढस देने के उद्देश्य से कहा ।

"वे कल फिर आएंगे ।"

"नहीं सलोनी ! अब वह कभी लौट कर नहीं आएगा । वह .... उसकी शादी हो रही है ।"

अजरा की रुलाई तेज हो गई ।

सलोनी ने सुना तो स्तब्ध रह गई लेकिन दूसरे ही क्षण उसने खुद को संभाल लिया । कोमल स्वर से बोली -

"उसे तो जाना ही था बाजी ! एक न एक दिन यह होता ही । फिर दुख करने से क्या होगा ?"

"लेकिन .... लेकिन इतनी जल्दी...."

अजरा सिसकते हुए बोली ।

"जल्दी देर क्या ? जुदाई में जल्दी हो या देर हमेशा जल्दी ही लगती है । लो पियो ।"

सलोनी ने जबरन अजरा को उठा कर गिलास होठों से लगा दिया । फिर उसे सुला कर बालों में उंगलियां उलझा कर बोली -

"उसके लिए बेचैन हो दीदी ! इसीलिए न कि वह तुम्हें प्यार करता है ... तो इधर मेरी और देखो । क्या मैं तुम्हें प्यार नहीं करती ? क्या तुम मुझसे प्यार नहीं करती ? दीदी , किसी एक की जुदाई के गम में डूब कर जमाने को ठुकरा देना तो ठीक नहीं है न !"

"सलोनी !"

"हां दीदी ! बताओ तो असीम का प्यार तुम्हें मेरे प्यार से अधिक अच्छा , अधिक गहरा क्यों लगता है ? इसीलिए न कि वह पुरुष है .. मर्द .. और मैं एक औरत ।"

"नहीं सलोनी ! नहीं । तू समझती नहीं क्योंकि तूने कभी किसी को दिल दे कर नहीं देखा ।"

अजरा बोली ।

"सच कहती हो दीदी ! मैंने किसी को दिल दे कर नहीं देखा कि उसमें कितनी जलन या मादकता है । मैंने किसी को प्यार नहीं किया । किसी के सपनों में डूब कर जी नहीं पाई लेकिन फिर भी मैं निस्वार्थ प्रेम करना जानती हूं । यही प्रेम सार्थक होता है । दीदी , इसी प्रेम को सफलता मिलती है । अगर मैंने किसी मर्द को दिल दिया होता तो मुझे भी यही जुदाई की आग सहनी पड़ती जो इस समय तुम्हें जला रही है ।"

"लेकिन इस आग में जलन नहीं मादकता है । इसकी ज्वाला भी बहुत ठंडी और सुख देने वाली है सन्नो ! प्रेम की राह ....."

"उँह, चुप भी रहो । मुझे यह धोखा न दो । आग को पानी कह देने से वह ठंडी नहीं हो जाएगी । दीदी , मानो या न मानो , पुरुष स्त्री से प्रेम करता है तो उसमें उसका स्वार्थ मिला होता है । वह उसके शरीर का भी स्वामी बनना चाहता है । तभी तो

किसी अन्य के आगोश में अपनी प्रेमिका को देख कर मरने मारने पर उतारू हो जाता है। हम गंवारों का प्यार क्या बुरा है दीदी , हम तुम्हारा शरीर नहीं चाहते । यही चाहते हैं कि तुम सुखी रहो । किसी के आगोश में तुम्हें पाकर हमें जलन नहीं खुशी होती है । सोचते हैं तुम्हें मंजिल मिल गई । हमें देखो न दीदी , हमारे प्यार की कद्र करो । देखो न , क्या मेरी आंखों में तुम्हें अपने लिये अपनत्व नहीं मिलता ?"

सलोनी ने अपनी सीधी दृष्टि अजरा की दृष्टि से मिला दी । दोनों कुछ देर तक मुग्ध सी एक दूसरे की आंखों में देख कर मन की गहराइयों का अनुमान लगाती रहीं । तभी अजरा ने एक लंबी सांस छोड़ी । सलोनी ने झुक कर उसके होठों को चूम लिया और बिजली का स्विच ऑफ करके सोने चली गई ।

०००००००

शाम के सात बज रहे थे । सूर्य डूब चुका था । चंद्रमा का प्रतिबिंब लहरों में डोल रहा था । गंगा के किनारे खड़ी अजरा मुग्ध दृष्टि से चंद्रमा की आंख मिचौली को देख रही थी ।

"अजरा !"

सलोनी ने पीछे से उसके कंधे पर हाथ रख कर पुकारा । अजरा ने उसका हाथ पकड़ लिया ।

"एक बात पूछूं ?"

सलोनी ने चंचल स्वर में पूछा ।

"पूछो ।"

"नाराज नहीं होगी न ?"

"न ।"

"तो बताओ । क्या सोच रही थी अभी ?"

"कुछ तो नहीं ।"

"सच सच बताओ न दीदी ! बहानेबाजी नहीं । अच्छा बताओ , क्या असीम के बारे में नहीं सोच रही थी ?"

"नहीं । उसके बारे में नहीं सोच रही थी लेकिन उसकी याद जरूर आ जाती है ऐसे में ।"

अजरा मुस्कुराई ।

"वह तुमसे दूर क्यों हो गया दीदी ।"

"समाज को यही मंजूर था सलोनी ! हम समाज के हाथ के खिलौने हैं न । वह जैसे चाहे हमें नचा सकता है ।"

"लेकिन क्यों ?"

"अपनी ही कुछ परंपराओं के रूढ़िवादी बंधनों में हम लोग जकड़े हुए हैं । इन नियमों को हमने अपनी सुविधा के लिए बनाया था । आज यही नियम हमारे पांव की जंजीर बन गए हैं और हम बिल्कुल असहाय बन कर रह गए हैं । समाज के आगे हम बहुत तुच्छ हैं सन्नो ! हमारा दुर्भाग्य हमारी असहायता तो देखो । हम चाहकर भी कुछ नहीं कर सकते ।"

"इन नियमों को क्या बदला नहीं जा सकता ?"

"कैसे बदला जा सकेगा ? अकेला चना भाड़ नहीं फोड़ता ।"

"असीम इसीलिए तो तुमसे विदा हो गया कि वह हिंदू था और तुम मुसलमान हो । तो क्या हिंदू और मुसलमान दोनों मनुष्य नहीं होते ? वे एक दूसरे को प्यार क्यों नहीं कर सकते ? किस धर्म में लिखा है कि वे आपस में विवाह नहीं कर सकते ?"

"सलोनी !"

"बताओ न दीदी ! क्या मैं तुम्हें प्यार नहीं करती ? मैं भी तो हिंदू हूं फिर क्या असीम की तरह मुझे भी तुमसे अलग हो जाना पड़ेगा ? जब मैं तुम्हारे साथ रह सकती हूं , समाज को ठुकरा सकती हूं तो असीम भी ऐसा क्यों नहीं कर सकता ? वह तुम से विवाह क्यों नहीं कर सकता था ?"

"उत्तेजित न हो सलोनी ! समाज ऐसा ही बिगड़ा जानवर है । उस पर किसी का वश नहीं चलता । तुझे ही मेरे साथ रहने के कारण क्या कम कठिनाइयां उठानी पड़ेगी ।"

"कैसी कठिनाइयां अजरा दी ?"

"जिंदगी के साथ समझौता करने की । सलोनी ! अगर तू अब हिंदू समाज में फिर जाकर रहना चाहेगी तो तुझे तेरा हिंदू समाज कभी भी अपने में मिला नहीं सकेगा । तुझे कोई भी हिंदू जल्दी अपनाने के लिए तैयार नहीं होगा । मुझे तो यही चिंता है रानी , कि तेरा ब्याह कैसे होगा ।"

कह कर अजरा हँस पड़ी । उसके चेहरे पर शरारत नाच रही थी ।

"हटो दीदी ।"

सलोनी ने शर्मा कर हथेलियों में अपना चेहरा छिपा लिया । अजरा खिलखिला कर हँस पड़ी ।

अजरा असीम से बिछड़ कर निष्प्राण सी हो गई थी । हर समय उसका उदासी में डूबा चेहरा देखकर सलोनी का मन तड़प उठता था । वह उसे हमेशा खुश रखने की कोशिश किया करती थी फिर भी अजरा का दुख कम न होता था । सलोनी अब अक्सर घर के काम निपटा कर अजरा के साथ घूमने

निकल जाती । घंटो अपना समय इधर-उधर बिता कर , क्लबों , सिनेमाघरों आदि के चक्कर लगाकर बिजली के प्रकाश में जगमगाते बनारस की सड़कों को पैरों से रौंद कर जब घर लौटतीं तो बेहद थकी होती थी ।

अजरा असीम को भुला देना चाहती थी लेकिन वह जितना ही उसे भुलाने की कोशिश करती थी उतनी ही उसकी स्मृति अधिक तीव्र होकर उसे व्यग्र करने लगती थी । अक्सर वह असीम के साथ बीती सुखद घड़ियों की याद करके रो पड़ती थी लेकिन फिर अपने ही मन को समझाती -'सब दिन जात न एक समान ।'

oooooo

दो

असीम का विवाह हुआ। चांद सी बहू लेकर वह घर लौट आया लेकिन अजरा को भुला न पाया। न वह अजरा को भुला पाया और न अपनी पत्नी को पूर्ण रूप से अपना ही पाया था।

वह अपनी आत्मा में अजरा को एकाकार कर चुका था और यह आत्मिक सम्मिलन पत्नी से होने वाले शारीरिक संपर्क से कहीं अधिक स्थाई था। मन का बंधन सामाजिक बंधनों से अधिक गहरा हुआ करता है।

पहली ही रात जब उसने कमलेश का घूंघट सरकाया था तो उसका चांद जैसा रूप देख कर सिहर उठा था। मुग्ध सा वह उसे देखता रह गया था एकटक और फिर एक गहरा निःश्वास लिया था उसने। कमलेश ने कोमल कपोलों पर पति के गर्म उच्छ्वास का अनुभव किया। वह सिहर उठी।

असीम ने घूंघट छोड़ दिया और विरक्त सा उठ कर कमरे में बनी फुलवारी की ओर खुलने वाली खिड़की खोल कर वहीं जा खड़ा हुआ। बाहर चंद्रमा हँस रहा था। चांदनी लुक छिप कर उसके कमरे में घुस आयी थी। असीम ने चंद्रमा की ओर देख कर कहा था -

"हाय रे तू भी कलंकी है।"

कमलेश ने पति की बात सुनी पर कुछ समझ नहीं पाई। साहस कर धीरे से पलंग से उतर कर नीचे खड़ी हुई कि पायल बज उठी। झंकार सुन कर असीम मुड़ा। महावर लगे गोरे पैरों को देखकर मुस्कराया। फिर बोला -

"तुम आराम करो कमल! मेरी तबीयत ठीक नहीं है।"

कमलेश ने झुकी पलकें उठा कर पति की ओर देखा। सोचने लगी - कैसा पति है? कमलेश से दृष्टि मिलते ही असीम मुस्कुरा दिया लेकिन वह मुस्कान उसकी वेदना का आवरण मात्र ही बन सकी।

कमल ने शर्मा कर नज़रें नीची कर ली। सोचने लगी पति के विषय में। उसकी मुस्कान ने उसकी शंका मिटा दी लेकिन दुख भी हुआ। न जाने क्या तबीयत खराब है? वह वहीं पृथ्वी पर बैठ गई। पलंग पर सिर टिका कर सोचने लगी कुछ।

असीम को लगा जैसे उसका व्यवहार उचित नहीं रहा। इच्छा हुई कि बढ़कर कमलेश को अपना ले। कितने शुभ अरमान लेकर वह आई है यहां। लेकिन अजरा की स्मृति ने उसे झकझोर दिया। उसने भी तो उसके साथ कितने सपने सजाए थे लेकिन निर्मोही समाज की टेक के सामने मस्तक झुकाकर निस्पृह जैसी अलग हो गई। तो क्या सचमुच अजरा उसे भूल गई होगी? नहीं नहीं। यह किसी भी तरह संभव नहीं है। अजरा औरत है और औरत जिसे पहली बार प्यार करती है उसे ही अंत तक प्यार करती रहती है। वह हृदय से किसी एक की ही होती है।

अजरा का वह प्रेम उसके हृदय का सच्चा रूप था। वे भावनाएं यथार्थ थीं स्वप्न नहीं। परिस्थितियों से विवश होकर भले ही वह अपने संसार में अपने ही हाथों आग लगा बैठी लेकिन इससे उसकी आत्मा कभी नहीं बदल सकती। वह कभी भी उसे भूल नहीं सकती।

विचारों ने पलटा खाया। कमलेश भी औरत है। उसने भी तो पति के चरणों में ही स्वयं को समर्पित किया होगा। ऐसी स्थिति में असीम की उदासीनता से क्या उसका कोमल मन टुकड़े-टुकड़े न हो जाएगा? क्या इससे उसकी भोली भावनाओं को ठेस न लगेगी? क्या उसके मधुर स्वप्न राख न बन जाएंगे?

असीम की दृष्टि कमलेश के चेहरे पर टिक गई । झुकी पलकें, गोरा मुख, गुलाबी होठ और माथे पर बिखरी चंचल लटें । चुनरी की रक्तिम झलक गालों पर गुलाल मल रही थी । अधरों में मादकता थी और आंखों में सपने । दृष्टि को झुकाये पृथ्वी पर न जाने क्या खोज रही थी वह । शायद किसी नए सुनहरे स्वप्न की सृष्टि में तल्लीन थी ।

"कमल !"

असीम ने कोमल स्वर में पुकारा । कमलेश की तंद्रा टूटी । असीम उसके निकट जाकर पृथ्वी पर ही एक और बैठ गया । ठोड़ी पकड़ कर उसका चेहरा अपनी और करके मुस्कुरा कर बोला -

"कमल !"

कमलेश के चेहरे पर लज्जा की लाली बिखर रही थी ।

"क्या सोच रही थी ?"

कमल चुप रही ।

"नहीं बोलोगी ? क्या चुप रहना प्रिय है या मौन व्रत ले रखा है ?"

असीम फिर मुस्कुराया ।

कमल का लज्जित मुख और झुक गया ।

"पता नहीं बहू गूँगी मिली है या बोलने की मनाही की गई है , कैसे पता चले ?"

असीम ने फिर छेड़ा लेकिन कमल चुप ही रही ।

"हे भगवान ! गूँगी बहुरिया के साथ जिंदगी कैसे बीतेगी ?"

असीम ने कुछ गंभीर बनने का नाटक किया लेकिन उसके इस अभिनय पर कमल की हँसी न रुकी ।

"ओहो, हँसना जानती हो ।"

".........."

अचानक असीम उदास हो गया । उसे याद आ गयी अजरा जो कमल के आज के मौन के ही समान मान किया करती थी । वह रूठ जाती तो असीम के बहुत मनाने पर भी नहीं बोलती थी । और जब असीम हार कर खुद उदास हो दूर जा बैठता तो स्वयं ही व्याकुल होकर उसे मनाने लगती थी । अजरा के विचारों को बरबस परे करके असीम ने लज्जा की मूर्ति कमलेश के सर से आँचल हटा दिया । हाथ पकड़ कर उसे जबरदस्ती उठाया और पलंग पर बैठाते हुए बोला -

"ऐसे लजाओगी तो कैसे चलेगा रानी ! तुमसे कुछ पूछना है । पूछने दोगी ?"

कमल ने प्रश्न भरी आंखों से उसकी ओर देखा । असीम ने फिर हँस कर कहा -

"पहली बात, आज से तुम्हारा नाम कमलेश नहीं लाजो होगा । लज्जा रानी । ठीक है न । तुम जैसी लजीली तो शायद दूसरी न मिले । आज से मैं तुम्हें लज्जा ही कहूंगा । क्यों ?"

असीम की बात पर कमल बिल्कुल गुलाल हो गई । उसने दोनों हाथों से चेहरा छुपा लिया लेकिन असीम ने अपनी चंचल क्रियाओं से थोड़ी ही देर में उसकी लज्जा तोड़ दी ।

पहली बार उसे बाहुपाश में लेते समय उसका हृदय व्याकुल हो उठा । मन के किसी कोने से एक पुकार उठी - 'अजरा' । लेकिन उसने उस पुकार को वही दबा दिया । अंत में पत्नी की आंखों में आंखें डाल कर अचानक ही पूछ बैठा -

"सच कहना, क्या तुमने कभी प्यार किया है ?"

पति के प्रश्न पर वह चौंक पड़ी । एक टीस सी उठी लेकिन दूसरे ही क्षण उसने स्वयं को संभाल लिया । अतीत पर धूल डालकर वर्तमान को गले लगाना ही उसे प्रिय लगा । बोली -

"हां ।"

"किसे ? बता सकोगी ?"

"माँ को, भाई को और पिताजी को ।"

"और ?"

"और .... अपनी सहेली इंदिरा को ।"

उसके भोलेपन पर असीम बोला -

"और अब ?"

"अब ....आप .."

कहते कहते वह लज्जा से लाल हो उठी । असीम ने फिर कहा -

"लेकिन मैं तो किसी और को ... अच्छा रानी ! अगर मैं कहूं कि मुझे कोई और लड़की भी प्यार करती है तो क्या तुम विश्वास करोगी ?"

अगर आप कहते हैं तो कर लूंगी । आप हैं ही ऐसे कि हर कोई आप को प्यार करने लगेगा ।"

लज्जा ने मंद मुस्कान के साथ कहा । असीम भी हंस पड़ा । उसे मुग्ध करके बात समाप्त कर दी -

"रात बहुत हो गयी है । सो जाओ ।"

और स्वयं करवट बदल कर आँखें बंद कर लीं ।

कमल ने उठ कर लाइट ऑफ कर दी । चांदनी के मध्यम प्रकाश में सोए पति के चेहरे को वह देर तक देखती रही । पलंग के सिरहाने पर सर टिका कर भूमि पर बैठी पति के स्नेह का वह विश्लेषण करने लगी । मौका पाकर मन ने पंख पसारे और चल पड़ा अतीत की ओर -

कुछ वर्ष पहले वह एम. ए. प्रथम वर्ष की छात्रा थी । अपनी सहपाठिनों में वह सर्वप्रिय थी । अपनी चंचलता और विनोदी स्वभाव के कारण सबकी स्नेह पात्रा थी । कक्षा की शिक्षा में भी मन साथ दे या न दे वह अपना काम पूरा रखती थी । आयु लगभग बाइस वर्ष की हो चुकी थी परंतु अब तक शिक्षा में एकाग्र रहने के कारण काम या प्रेम की ओर मानसिक झुकाव न हुआ था परंतु अब जब तब सखियों की छेड़ और यदा-कदा उपन्यासों के अध्ययन से उसके मन मे भी एक प्रश्न अक्सर उठा करता -

'कौन ?'

सुखद भावी जीवन के कितने ही मादक स्वप्न उसने अब तक देख डाले थे। विवाह की प्रतीक्षा थी। सोचती - पति को अपना अनछुआ मन सौपेगी की और उसे ही मन प्राणों में बसा कर कृतार्थ हो जाएगी।

इसी बीच एक घटना घट गई। कामन रूम से निकलकर अभी वह क्लास रूम की ओर बढ़ी ही थी कि ठोकर लग गई। संभालते संभालते भी किताबें हाथ से छूट कर बिखर गई। जल्दी से उसने किताबे समेटी और आगे बढ़ गई। इस हड़बड़ी में उसकी किताब से गिरा हुआ लिफाफा वही छूट गया।

कुछ देर बाद ही उधर से जाते एक युवक की दृष्टि लिफ़ाफ़े पर अटक गई। गुलाबी रंग का खूबसूरत लिफाफा उसने उठा लिया। पते के स्थान पर कुछ अक्षर मोती जैसे चुने हुए थे। प्रेषक के स्थान पर लिखा था -

कमल, आगरा।

युवक ने उत्सुकता वश लिफाफा जेब में डाल लिया। पीरियड ओवर होने पर उसने कैफे में बैठकर चाय का आर्डर दिया और लिफाफा सावधानी से खोलकर पत्र निकाल लिया।

संबोधन मधुर था -

'मेरी इंदु!

प्यार ।'

युवक मुस्करा पड़ा । उसने आगे पढ़ना आरंभ किया -

"तुम्हारा पत्र मिला ...."

उसने जान लिया कि पत्र सहेली को लिखा गया है । लिखने वाली का नाम कमलेश है और सबसे बड़ी बात यह कि उसकी लिखावट बहुत सुंदर है । पत्र लेटर पैड के कागज पर लिखा गया था जिस पर कमलेश का पूरा पता भी छपा हुआ था । पता नोट कर के युवक ने वह पत्र पोस्ट कर दिया ।

संयोग की बात - दूसरे दिन सुबह से ही आकाश में बादल घिरे हुए थे । हवा का वेग कम था और मौसम में सुहाना हो गया था । सुबह का सूर्य बादलों की ओट से रह-रहकर झांक जाता और अपना लाज भरा मुख दिखा जाता था । ऐसे ही मौसम में कमलेश उषा के साथ एक ही रिक्शे पर बैठी विश्वविद्यालय की ओर बढ़ी जा रही थी । किसी मनोरंजक वार्ता पर दोनों खिलखिला कर हंस रही थी ।

यूनिवर्सिटी के ग्राउंड में कदम रखते ही दोनों को सहपाठियों ने घेर लिया और दोनों हंसती हुई आगे बढ़ गईं ।कुछ औपचारिक बातों के बाद ही राधा बोली -

"कमल ! अभी कुछ देर पहले ही अपनी क्लास के लीडर साहब आए थे ।"

"अच्छा, फिर ?"

उसकी बातों का अर्थ समझने का प्रयास करते हुए पूछा था उषा ने ।

"अरे तुझसे कौन कह रहा है जो ऐसे पूछ रही है ?" राधा हंसी ।

"अरे राधा जी , कोई कन्हैया जी की बात तो है नहीं जो हमसे नहीं कहोगी । हम सहेली हैं तो मित्रता का कुछ तो लाभ हो ।"

कमलेश ने मुस्कान छिपाते हुए समझौता किया -

"अच्छा अच्छा ... तो राजेश ने कहा क्या यह तो बताओ ।"

"कुछ खास नहीं । एक प्रस्ताव पास कराना है उसी के लिए किसी सभा का आयोजन हो रहा है आज शाम को और उसमें गीत प्रतियोगिता का आयोजन भी किया गया है ।"

"कौन-कौन गा रहा है अपनी क्लास से ?"

उषा ने बेताबी से पूछा ।

"पता नहीं । उसी सभा में आने के लिए निमंत्रण देने आये थे । चलोगी तुम सब ?"

"जरूर कम से कम कुछ सुनने को तो मिलेगा ।"

कमलेश बोली ।

"सुनने को ही नहीं टेस्ट करने को भी ।"

तीनों हँस पड़ीं । अन्य सहपाठिनों ने भी इस हँसी में सहयोग दिया और बातें करती हुई कामन रूम की ओर बढ़ गईं ।

संध्या को सभा का आयोजन था । गीत प्रतियोगिता काफी सफल रही । प्रथम पुरस्कार मोहिनी नामक छात्रा को और द्वितीय ललित नामक छात्र को मिला था । दोनों ही बधाइयां ले रहे थे परंतु लड़कियों के व्यंग बाण ललित के मित्रों को छेड़ने के लिए कम न थे । लड़कों को लज्जित करने के लिए लड़कियां बड़े उत्साह से आगे बढ़तीं और कोई चुटीली बात छेड़ कर खिसक जातीं । उनकी सामूहिक व्यंगभरी हंसी लड़कों को तड़पा कर रह जाती ।

धीरे-धीरे शोरगुल भी समय के साथ कम होता गया । रात गहरी होती देख ललित ने भी अपनी साइकिल उठाई और मंद गति से कालेज के गेट की ओर बढ़ चला । कुछ आगे जाने पर

उसे तीन चार लड़कियों का एक छोटा सा समूह आपस में दिल्लगी करता जाता मिला।

ललित ने किनारे से आगे निकल जाना चाहा तभी एक युवती बोल पड़ी -

"बधाई ललित जी ! भागे कहां जा रहे हैं ?"

"धन्यवाद !"

ललित ने मुस्कुरा कर उत्तर दिया -

"भाग तो नहीं रहा हूँ घर लौट रहा था।"

"तो आज जीत की खुशी में चाय हो जाये।"

उसी युवती ने हँस कर कहा।

"जरूर।"

ललित ने अपनी साइकिल का रुख कैंटीन की ओर करते हुए कहा।

उन युवतियों के विषय में वह इतना ही जानता था कि वे एम.ए. की छात्राएं हैं। कैंटीन में एक मेज के गिर्द ललित उन चारों व्यक्तियों के साथ बैठ गया। उसने चाय का आर्डर देने के बाद उनको ध्यान से देखा।

सांवले रंग की एक युवती जो अब तक उससे बोलती रही थी हल्के फिरोजी रंग के सूट में सजी मुस्कुरा रही थी। अन्य लड़कियां चुप थी।

ललित ने बात छेड़ी -

"आपका परिचय ?"

"जी, मुझे राधा कहते हैं। एम. ए. प्रीवियस में हम सभी लोग पढ़ती हैं। आप का प्रोग्राम बहुत बढ़िया था। सच।"

उसी सांवली लड़की ने हँस कर कहा।

"खुशी हुई आपसे मिल कर। प्रोग्राम की प्रशंसा के लिए धन्यवाद।"

ललित हौले से मुस्कुराया। कुछ औपचारिक बातों के साथ चाय समाप्त कर वह उठ खड़ा हुआ -

"तो अब इजाजत है न ?"

"बिल्कुल। नमस्ते !"

राधा ने हाथ जोड़ दिए उसके इस कठोर व्यवहार और प्रत्यक्ष उपेक्षा से ललित तिलमिला उठा। किसी प्रकार आत्म नियंत्रण कर साइकिल की पैडल पर पैर रखा और बोला -

"नमस्ते ।"

दूसरे ही क्षण उसके कानों में तेज खिलखिलाहट का स्वर जहर घोल गया । वह आगे बढ़ गया तेजी के साथ ।

अपने विचारों में डूबा ललित घर की ओर बढ़ा जा रहा था । लड़कियों की ओर से किया गया व्यवहार उसे अपमानजनक लग रहा था । क्रोध और उपेक्षा से वह जल रहा था । उसे याद आ रहा था अपना जीवन, एकाकी और उदास । विवशता और क्षोभ ने उसके मन की पीड़ा को और बढ़ा दिया । भावों ने उसे दुख के सागर में डुबो दिया । अपने अभाग्य का स्मरण कर वह व्यग्र हो उठा । उसकी सूनी आंखों में जल भर आया । कितना सूना ... कितना एकाकी है उसका जीवन । कहीं कोई सरसता, कोई उल्लास, कोई सौभाग्य नहीं । बस एक सूखे रेगिस्तान की रूखी समरसता जो तड़पा तड़पा कर मार डालती है ।

विचारों को झटका सा लगा । किसी दुकान पर लगा रेडियो गा रहा था -

"मिलती है जिंदगी में मोहब्बत कभी-कभी ।"

सच में प्यार पाने की किस्मत भी सबकी नहीं होती । प्रेम भी किसी किसी को ही मिल पाता है । और फिर ललित ...

उसका अभागा जीवन तो आरंभ से ही प्यार के लिए तरसता रहा है।

बचपन में ही बाप ने साथ छोड़ दिया। अकेली मां उसे लिये परिस्थितियों के तूफानों से जूझ कर किसी तरह उस नन्हे दीप को जलाए रही लेकिन उसका स्नेह भी चुक गया। भगवान के बुलावे का अनादर वह भी न कर सकी।

पिता की स्मृति उस अबोध को नहीं थी पर मां के मुंह फेरते ही उसका संसार सूना हो गया। ट्यूशनों और फुटकर कामों के सहारे किसी तरह उसने शिक्षा का और पेट भरने का प्रबंध किया। उसने अपने अभाव और एकाकीपन के एहसास को भुलाने के लिए गीतों से प्यार किया और दुर्भाग्य की मादकता स्वर में भर आई। वही उसकी जय का हार और पराजय का शूल है।

उसका मन कसक उठा। काश ! मेरा भी कोई होता ... मैं भी किसी का प्यार पा सकता ....किसी के दामन में मुंह छुपा कर अपना दुख पी लेता। कोई तो मेरा होता .... मेरा अपना .....।

उसके मुख से एक सर्द आह निकल गई। विचारों के साथ हाथ भी बहक गया और साइकिल बिजली के पोल से टकरा गई। बैलेंस संभल न सका। ललित गिरा तो सर एक पत्थर के

टुकड़े से टकरा गया । खून की धारा बह चली और ललित की चेतना डूबती गई ।

सहेलियों से विदा लेकर कमलेश ने अपना रिक्शा गली की ओर मुड़वाया । कुछ आगे बढ़ते ही उसकी दृष्टि पोल से टकरा कर घायल पड़े ललित के मूर्छित शरीर पर पड़ी । रिक्शा वाले से कह कर उसने ललित को रिक्शे की सीट पर सहारा देकर बैठाया और साइकिल पीछे लदवाकर रिक्शे का रुख सदर हॉस्पिटल की ओर करा लिया ।

ललित को प्रारंभिक उपचार से ही होश आ गया । मरहम पट्टी करवा कर जब कमलेश ललित के साथ लौटी तो वह भी संतुष्ट नजर आ रहा था । उसे उसके कमरे तक पहुंचाकर कमलेश लौट गई और तब वह सोचने लगा उसके विषय में । अनायास ही उसे याद आ गई उस गीत की वह पंक्ति -

"मिलती है जिंदगी में मोहब्बत कभी-कभी ।"

और फिर अपने विचारों की चंचलता पर बरबस ही वह मुस्कुरा उठा । कमल के विषय में सोचते सोचते वह कब सो गया उसे पता ही नहीं चला ।

ooooooo

उस दिन के बाद से ललित की कमलेश से कई बार मुलाकात हुई । कभी कैफे में तो कभी गेट पर जब तब उनकी भेंट होती रहती थी । कमल ने ललित की उपेक्षा नहीं की और ललित के प्यासे मन को किनारा मिल गया । वह कमल को विचारों का केंद्र बिंदु बनाकर उसके चारों और कल्पनाओं के हजारों रंगीन धागे लेकर सुनहरे जाल बनाने लगा । उसके हर स्वप्न महल की अधीश्वरी कमल होती थी । कमल ने उसके मन और विचारों पर पूर्ण अधिकार कर लिया था । इधर कमल भी स्वयं को ललित के विचारों में गुथी हुई पाने लगी थी ।

कभी-कभी उसे अपनी इस मानसिक झुकाव की भावना पर क्रोध भी आता लेकिन दूसरे ही क्षण ललित का सलोना नेत्रों के समक्ष नाच उठता और वह अनजाने में ही मुस्कुरा उठती थी । ललित के साथ हुई छोटी सी भेंट भी उसकी स्मृति का अंश बन गई थी । उसके प्रति अपनी कोमल भावनाओं को एकत्र कर उसने कितने ही सुंदर गजरे बना डाले थे और उन गजरों में छुपा था उसका सुकुमार प्यार , कुंवारा अभिसार और उसके प्राणपति की प्रतीक्षा कर रहा था ....चिर प्रतीक्षा ... ।

सुबह का सूरज पूरब की गोद में मुंह छुपाए सा खड़ा था तभी चंचल मलयानिल ने झटके से उसे हाथ पकड़ कर खींच लिया । सौंदर्य की आभा बिखरने लगी और दिनकर का भोला

सा मुख लज्जा से आरक्त हो गया । ठंडी हवा के झोंकों में आंचल उड़ाती कमल ताजमहल की सीढ़ियों पर बैठी थी । उसने अपने दोनों पाँव यमुना के पानी में लटका रखे थे । जल का शीतल स्पर्श उसे बहुत भला लग रहा था । अनिल रह रह कर उसकी अलकें गोरे गालों पर बिखरा देता । तब वह उन्हें हल्के से पीछे झटक देती और यमुना पार के धूमिल सौंदर्य पर दृष्टि जमा देती ।

एकांत में विचार भटक रहे थे । प्रकृति के सौंदर्य से वह ललित के रूप की तुलना करने लगी । उसके सामने ललित का चेहरा यमुना की तरंगों में मचल रहा था । मन की आंखें उस रूप सुधा का पान कर रही थीं तभी सपना यथार्थ बन गया ।

ललित हमेशा किसी भांति उस दिन भी प्रातः भ्रमण के लिए निकला था । घूमते घूमते वह ताजमहल की ओर बढ़ आया । पीछे यमुना तट पर सीढ़ियों पर बैठी कमल को देखकर उसका मन चंचल हो उठा । पीछे से चुपके से जाकर उसने कमल की आंखें मूंद ली ।

घबरा कर उसने ललित का हाथ अपने हाथों से पकड़ कर आंखों पर से हटा दिया । आपस में दृष्टि मिलते ही दोनों हंस पड़े । कमल बोली -

"इधर कहां ?"

"अपनी कहो ।"

ललित मुस्कुराया।

"ऐसे ही निकल आई ।"

"अकेली आई हो ?"

ललित ने पूछा।

"नहीं, दुकेली ।"

कमल ने चंचलता से उत्तर दिया "और कौन है ?"

ललित ने इधर-उधर खोजभरी दृष्टि डाली । उसकी उत्सुकता पर कमल हंस पड़ी। फिर धीरे से बोली -

"तुम जो हो साथ में ।"

उसका उत्तर सुन कर ललित भी मुस्कुरा पड़ा बरबस ही।

"कमल !"

"कहो ।"

"मेरे घर आओ कभी ।"

"घर में क्या रखा है ललित ! तुम अकेले ही तो हो । तुमसे मिल ही लेती हूं ।"

"फिर भी मैं चाहता हूं कि तुम .... तुम्हें अपने घर ले चलूँ ।"

"घर तुम्हारा ही नहीं मेरा भी तो है न ! अपना घर देखने कभी भी चली चलूंगी लेकिन ...."

"लेकिन क्या ?"

"लेकिन अभी नहीं ललित बाबू ! तब चलूंगी जब ....."

कमल ने बात अधूरी ही छोड़ दी । ललित ने बेताब होकर पूछा -

"बात को उलझाओ मत कमल ! बताओ न , कब चलोगी ?"

"तब जब .... जब तुम मुझे लेने मेरे घर आओगे ।"

कमल का मुख लज्जा से आरक्त हो गया । और ललित ..... उसकी खुशी का तो ठिकाना ही न था । अपने मन की बात उसने कमल के मुख से ही सुन ली थी । उसका प्यार , उसका प्रियतम उसे खुला निमंत्रण दे रहा था । इससे बड़े और किस सौभाग्य की कामना वह करे ।

"कमल !"

भावावेश में पुकारा उसने ।

"......."

कमल ने लज्जित दृष्टि उठाई ।

"तुम ... तुम कितनी अच्छी हो कमल ! मेरी कमल .."

कमल ने हथेलियों में अपना मुंह छुपा लिया । सूर्य ने खुशी में भरकर किरणों के फूल बरसा दिए । सुनहरी धूप में कुछ कठोरता आ चली थी । कमल बोली -

"अब चला जाए ।"

"हाँ, चलो ।"

दोनों उठ गए ।

ताजमहल के सामने आकर अचानक ही कमल के पांव ठिठक गए । पलट कर उसने ताजमहल की ओर देखा । ललित ने भी उधर दृष्टि डाली और दोनों ने एक दूसरे की और देखा । दृष्टि मिल गई और मुस्करा दिए । ललित के हाथ में कमल का हाथ था । उसकी पकड़ एक क्षण के लिए कसी और फिर ढीली हो गई । कमल ने एक बार लाज भरी दृष्टि से ललित की ओर देखा और दूसरे ही क्षण हाथ छुड़ा कर भाग गई । ललित उसे

जाते देखता रहा और फिर मुस्कुरा कर अपने घर की ओर चल पड़ा ।

ललित का प्यार पाकर जहां कमल स्वयं को धन्य समझने लगी थी वहीं ललित उसमें ही अपनी पूर्णता अनुभव करने लगा था । उसे कमल से परे सारा संसार ही शून्य लगता था । उसकी सूनी उदास आंखों में रंग भर आया था और सीधी दृष्टि चपल हो उठी थी । चंचल अलकें कुटिल हो गई थी और उदास कल्पनाएं खुशी के फूलों से सज गई थीं ।

कमल सोचती थी ललित के प्यार के विषय में और ललित उसकी रूप माधुरी की कल्पना में खो जाया करता । एक दूसरे को पाकर दोनों ही मगन थे जैसे दो नटखट बच्चे संयोग से एक साथ हो गए थे । दोनों को एक दूसरे से प्रेम और विश्वास था । कमल को भरोसा था कि ललित उसे कभी धोखा न देगा और ललित उसकी वफादारी के सहारे आशा और प्रतीक्षा का पालना डाले झूल रहा था ।

उनके मन में ही नहीं प्रकृति में भी प्रेम की नैसर्गिकता और स्नेहिल संपर्क के अनगिनत फूल खिल रहे थे । रात उनकी राहों में तारों के फूल खिलाया करती और चन्द्रमा अँधेरे रास्तों में उजाला किया करता । सूरज उनका पथ प्रदर्शक था और हवाएँ संगिनी ।

ऐसे प्यार भरे दिनों में ही कमल को चंचलता की सूझी। वह ललित से प्यार करती थी और उसका प्यार विश्वास की लता से लिपटा हुआ था। उसने अपनी उसी विश्वास लता के सहारे ही ललित से मजाक करना चाहा और उस के प्रेम की परीक्षा ले डाली।

शाम का साँवला रंग फैल रहा था चारों ओर। डूबते सूरज की लाल किरणें पेड़ों की फुनगियों पर नाच रही थीं। उनकी सुनहरी आभा यमुना की लहरों में सोना घोल रही थी।

तट की रेत पर कमल उदासी की प्रति मूर्ति बनी बैठी थी। ललित उसके पास ही बैठा उसके चेहरे की गंभीरता और उदासी को ध्यान से देख रहा था।

"तुम कुछ बताती क्यों नहीं कमल!"

आखिर उससे चुप न रहा गया।

"क्या बताऊं?"

"तुम्हें क्या हो गया है?"

"कुछ तो नहीं।"

"फिर यह उदासी क्यों है?"

"कहां ? नहीं तो, मैं तो बहुत खुश हूँ ।"

कह कर कमल ने मुस्कुराने का प्रयत्न किया ।

"कमल !"

ललित ने उसका चेहरा ऊपर करते हुए कहा -

"इधर देखो !"

कमल चुप रही ।

"मेरी आंखों में देख कर कहो ..क्या सच में तुम्हें कुछ नहीं हुआ है ?"

कमल की दृष्टि ललित की आँखों से मिली । उसकी आंखों में जल भर आया । आंसू देख कर ललित व्याकुल हो उठा ।

"कुछ कहो न कमल ! इस तरह चुप रह कर मुझे सताने से तुम्हें क्या मिलेगा ?"

ललित की व्याकुलता देख कर एक बार कमल का मन हुआ कि वह खिलखिला उठे । पर उसने मन की इच्छा दबा दी और बोली ।

"चलो, घर चलें ।"

"नहीं .... मैं तुम्हें ऐसे नहीं जाने दूंगा । पहले बताओ .."

"क्या करोगे जान कर ? मैं बहुत बुरी हूं ललित ! तुम जाओ ... मुझे ...."

कहते कहते कमल फूट फूट कर रो पड़ी । आंखों से आंसुओं की झड़ी लग गई ।

"कमल ! चुप हो जाओ कमल ! कुछ मुझे भी बताओ तो.....ऐसे..."

"ललित ! मैं क्या कहूँ तुमसे । मैं.... तुम बहुत अच्छे हो ललित ! बहुत अच्छे लेकिन ... मैं ... मैं तुम्हारे प्यार के योग्य नहीं हूँ । मुझे .. ललित ... मैं .."

कमल बराबर रोये जा रही थी ।

उस के रुदन के साथ-साथ ललित की उत्सुकता भी बढ़ती जा रही थी । कमल की हर सिसकी शूल बनकर उसके हृदय में चुभ रही थी । उसकी हर बात उसे तड़पा रही थी लेकिन फिर भी वह कुछ भी जानने में असमर्थ था ।

बहुत पूछने पर कमल ने उसे से जो कुछ कहा उसका सारांश यह कि वह बाल विधवा है । उसका सुहाग तभी लुट

चुका है जब वह बहुत छोटी थी । डोली पर बैठने के साथ ही उसे अपना सिंदूर धो देना पड़ा था ।

कमल की बात सुन कर ललित दहल उठा । विधवा शब्द उसके कलेजे को चीर गया । स्तब्ध होकर वह कमलेश का मुंह देखता रह गया था - ठगा सा । और तब कमल ने उससे याचना की थी -

"मुझे बचा लो ललित ! तुम चाहो तो अब भी मेरे जीवन में खुशी भर सकते हो । मैं तुम्हें चाहती हूं । वैधव्य का भार मैं नहीं ढो सकती । मुझे तड़प-तड़प कर मरने के लिए मजबूर न करना । मुझे मेरी खुशी लौटा दो ।"

पर आहत ललित कुछ भी उत्तर नहीं दे सका था । कमल ने उसके पैर पकड़ लिए लेकिन अपने पाँव उससे छुड़ाकर वह चला गया ।

उसके चारों ओर हाहाकार मचा था । उसके प्यार की दुनिया में आग लग गई थी । कमल विधवा है एक यही विचार था जो उसके भीतर बाहर गूंज रहा था । उसे अपना भी होश न था । इस तरह उसे जाते देखकर कमल चीख पड़ी -

"ललित !"

ललित ने उसकी ओर देखा भी नहीं ।

वह पुकार उठी -

"ललित .... ललित ...रुक जाओ ।"

लेकिन उसे इसका अवकाश न था । कमल का किया वह छोटा सा मजाक उसके जीवन का शूल बन बैठा था । अपने ही हाथों उसने अपने हरे भरे प्यार के संसार में आग लगा दी थी । अपनी ही चपलता से वह अपना प्यार खो बैठी । एक छोटी सी भूल उसे ले बीती ।

ललित अपनी प्रेम परीक्षा में सफल न हो सका और उसकी उपेक्षा ने , उसके कठोर व्यवहार ने कमल के हृदय को पत्थर बना दिया । दूसरे ही दिन उसने सुना - ललित आगरा छोड़कर कहीं चला गया । एक ठंडी सांस लेकर रह गई वह ।

ललित को खोकर कमल हारी नहीं । पुरुष की असहिष्णुता और निष्ठुरता उस पर स्पष्ट हो चुकी थी । वह ललित से ही नहीं पुरुष वर्ग के प्रति विरक्ति ले बैठी । वह सब ओर से मन हटाकर अध्ययन में जुट गई । साधना ने सिद्धि का दामन पकड़ा तो सफलता ने कदम चूम लिये । एम ए का परीक्षा फल निकला । कमल प्रथम श्रेणी में उत्तीर्ण हुई थी ।

उसी वर्ष उसके पिता ने उसके जीवन साथी का चुनाव कर लिया। विवाह हुआ और मां-बाप का आंगन छोड़ कर उसने अपने पति असीम के घर में पदार्पण किया।

असीम उसका पति जो उसके सामने पलंग पर सो रहा था। कितनी निश्चिंतता, कितना विश्वास है उसके चेहरे पर लेकिन अधखुली आंखें हल्की उदासी की रंगत लिये थीं। और उसकी वह बात -

"अगर मैं कहूं कि मुझे कोई और लड़की भी प्यार करती है तो क्या तुम विश्वास कर सकोगी?"

कमल के अधरों पर मुस्कान तैर गई।

"क्यों न विश्वास करूंगी? विश्वास भी करूंगी और तुम्हारे लिए जान देने के लिए तत्पर उस लड़की को एक बार देखना भी चाहूंगी। तुम मेरे हो असीम! मेरे ..."

उसने अपना सिर असीम के वक्ष पर टिका कर आंखें बंद कर लीं। ठंडी हवा के झोंके थपकियाँ देने लगे और निद्रा देवी ने उसे मीठे सपनों की सौगात थमा दी।

००००००

तीन

अजरा का मन असीम से कुछ इस प्रकार बंध चुका था कि उस बंधन को तोड़ना अब बहुत कठिन हो गया था। उसकी आत्मा असीम की आत्मा में अपने अस्तित्व को एकाकार सा कर चुकी थी। रात के बढ़ते अंधेरे जब उसका दिल चीर जाते, रिमझिम बरसात का पानी उसकी आंखों में जल भर देता। रह रह कर चमक जाने वाली बिजली असीम की स्मृतियां उसे थमा देतीं तब उसका मन विचित्र अनुभूतियों से भर उठता। वह समझ ही नहीं पाती थी कि असीम की इस जुदाई पर हंसे या रोए।

असीम को मन सौंप कर वह अपने ही हृदय के ऋण से उऋण हो गई थी। वियोग की आग में तप कर प्रेम का रंग निखरता है। सोना आग में जल कर ही तो खरा होता है। अजरा असीम के वियोग की ज्वाला में जल रही थी और यह जलन दिन पर दिन उसके प्यार को सुदृढ़ करती जाती थी।

वेदना की भट्ठी पर तप कर खिंचने वाली यह प्रेम मदिरा जितनी ही विरहाग्नि में तपती थी उतनी ही अधिक मादक होती जाती थी।

अजरा तो यह भी भूल बैठी थी कि उसका असीम के अतिरिक्त कोई और भी है संसार में। अजरा की दिनचर्या असीम के विवाह के बाद से ही बदल गई थी। अब उसके सामने उसकी स्मृतियों में डूबे रहने के अतिरिक्त और कोई काम नहीं था। सलोनी उसकी इस आदत से परेशान थी। वह नहीं चाहती थी कि उसकी सहेली, उसकी मालकिन अजरा इस तरह सन्यासी बन कर जीवन बिताए।

कितना चाहती थी वह अजरा को।

सलोनी के भोले मन में अगर अब कोई प्रबल इच्छा थी तो यही कि अजरा किसी प्रकार सुखी हो जाए। अजरा को सुखी बनाने के लिए वह अपना सब कुछ बलिदान कर सकती थी लेकिन उसके सामने ऐसी कोई स्पष्ट राह नहीं थी जो इस की इच्छा पूरी कर सके।

दोपहर की धूप कड़ी हो गई थी। अजरा पसीने से लथपथ अपने पलंग के पास भूमि पर बैठी कुछ सोच रही थी। तीन बज चुके थे। अजरा ने सुबह से ही कुछ नहीं खाया था। उसके इस उपवास के कारण सलोनी भी उदास सी बैठी थी रसोई में।

लाख मनाने पर भी अजरा कुछ खाने को तैयार नहीं होती थी। सलोनी अपनी समस्या सुलझाने में लगी थी।

उसे अजरा का दुखी रूप असहय था परंतु विवशता जो थी उसके साथ। एक बार फिर उसे मनाने के विचार से वह उठी। अजरा के पास जाकर बोली -

"उठो दीदी! अब कुछ खा भी लो।"

अजरा ने एक बार सर उठा कर उसकी ओर देखा और दृष्टि झुका ली। उत्तर कुछ भी नहीं दिया।

"अजरा दीदी!"

कुछ देर बाद उसने फिर पुकारा। "कब तक उपवास करोगी ऐसे?"

"उपवास नहीं करती सलोनी! मन नहीं होता कुछ खाने का।"

"थोड़ा सा ही खा लो।"

"नहीं, कुछ भी नहीं।"

"दूध लाऊं?"

"नहीं।"

सलोनी चुप रह गई । कुछ देर बाद उसी ने मौन तोड़ा ।

"एक बात पूछूं ? बताओगी ?"

"क्या ?"

"नाराज तो न होगी ?"

"नहीं , पूछो ।"

"तो बताओ । क्या असीम जी अभी भी तुम्हें भूल नहीं पाए होंगे ?"

"पता नहीं ।"

"तुम सोचती हो कि वह तुमसे सच्चा प्रेम करते हैं ?"

"हां सलोनी !"

"लेकिन तुम्हारे इस विश्वास का कुछ आधार तो होगा ।"

"जरूर ।"

"बता सकोगी ?"

"मैं नहीं जानती सलोनी ! मैं सब कुछ नहीं जानती । मैं तो बस इतना जानती हूं कि मैं उनकी हूं और उतना ही मेरे लिए बहुत

है । मुझे उन पर विश्वास है । आधार की बात मैं नहीं जानती ।"

"और अगर वह विश्वास टूट जाए तो ?"

"प्रेम प्रतिदान नहीं चाहता सलोनी ! अगर मेरा विश्वास टूट भी जाए , वह मुझसे प्रेम न भी करें तो भी वह मुझसे नफरत नहीं करेंगे । इतना कम तो नहीं है न ?"

"तुम नाहक उनके लिए इतना परेशान होती हो दीदी ! जिसे वे ब्याह कर लाए हैं उसके प्रेम में पड़ कर वे जरूर तुम्हें भूल जाएंगे और तुम यूं ही अपने को जलाती रहोगी ।"

"खुदा करे ऐसा ही हो ।"

"कैसा दीदी ?"

"वही जो तूने अभी कहा । भगवान करे वह मुझे भूल जाएं । अपनी पत्नी को प्यार करें , बहुत बहुत प्यार और अपने विवाहित जीवन में सफल और सुखी होकर जी सकें ।"

"विचित्र हो तुम भी ।"

"हाँ रे, असल में विधाता मुझे बनाते समय कुछ नींद में था तभी तो इतनी विचित्रता भर बैठा मुझ में ।"

कहते कहते अजरा हल्के से मुस्कुरा दी।

"बहू देखने नहीं चलोगी ?"

सलोनी ने पूछा।

"किसकी बहू ?"

"असीम बाबू की। चलो देख न आएँ।"

"पागल हुई है क्या ?"

"पागल होने की कौन सी बात है दीदी ? जब तुम उनसे कुछ चाहती नहीं, तुमने खुद ही उन्हें विवाह करने के लिए मजबूर किया तो फिर बहू को देखने में क्या हर्ज है ?"

"हर्ज तो कुछ भी नहीं है फिर .."

"फिर क्या ?"

"कुछ नहीं।"

"चलो भी।"

"मेरी परीक्षा लेना चाहती हो ?"

"नहीं दीदी ! तुम्हारी परीक्षा नहीं तुम्हारे आदर्श की सीमा देखना चाहती हूं।"

"मैं आदर्श की नहीं दिल की बात करती हूं सलोनी !"

"दिल और दिमाग अलग-अलग चीजें हैं। तुम दिल की बात करती जरूर हो लेकिन कभी कभी ही। असीम बाबू को ब्याह करने के लिए भेजते समय तुम दिमाग से बातें कर रही थी न ! दिमाग कर्तव्य करता है। दिल में तो भावनाओं और अरमानों के सिवा कुछ होता ही नहीं। तुमने असीम बाबू को नहीं अपने दिल को ठोकर मारी है।"

"अब .... बस बस ..अब चुप रह। जानती हूं कि तुझे बातों में कोई हरा नहीं सकता।"

"बातें नहीं बनाती मैं सच्चाई कहती हूं।"

"हां, मैं जानती हूं।"

"तो बोलो, चलोगी असीम बाबू के घर ?"

"हां बाबा ! चलूंगी। अब तो खुश हुई ?"

"कब चलोगी ?"

"जब कहो।"

"कल ?"

"कल ही सही।"

"सच दीदी ! हाय कितनी अच्छी हो तुम ।"

"चापलूस कहीं की !"

अजरा हँस दी ।

"तो अब मेरी इस जीत की खुशी में नाश्ता हो जाए न ।"

"फिर वही बात ?"

"वह तो जिंदगी की बात है रानी दी ! बोलो , तो ले आऊँ न ? कहो हां । कहो ।"

सलोनी ने हठ किया । उसके हठ के आगे अजरा को झुकना पड़ा । चाय की चुस्कियां लेते समय सलोनी के चेहरे पर संतोष की मुस्कान नाच उठी ।

ooooo

कमलेश असीम के घर की अधीश्वरी बनी। उसने असीम का जीवन संवार दिया। घर का सुख उसे पहली बार अनुभव हुआ। मां-बाप के प्यार के बाद वह अपने ऑफिस के कामों में डूब जाया करता था। बचा हुआ समय अजरा के साथ या उसको केंद्र बिंदु बनाकर कल्पनाओं के जाल बुनने में गुजर जाया करता था।

विवाह के बाद उसके जीवन में एक नया मोड़ आया। कमल के साथ भी अब उसका समय बीतने लगा। कमल एक सफल पत्नी सिद्ध हुई लेकिन अजरा की स्मृतियां इतनी कमजोर न थीं। हर समय, हर क्षण उसकी आंखें अजरा को ढूंढती रहती थीं। दिल से एक ही पुकार उठती थी अजरा के लिए।

अजरा को भुलाना उसे असंभव लगता था। अपने वैवाहिक जीवन में भी वह स्वयं को व्यस्त नहीं कर पा रहा था। अजरा एक ऐसी दीवार बन गई थी उसके मानस पटल पर जो कमल को उस तक आने से रोकती थी। लेकिन उसने अपने अपरिमित धैर्य और साहस से इस मानस दुर्बलता को जीतने का निश्चय किया। अपनी भावनाओं के कारण निर्दोष कमल के साथ वह अन्याय नहीं करना चाहता था।

उसने स्वयं को बदलने का प्रयत्न करना आरंभ कर दिया । कमल उसकी पत्नी थी और पत्नी केवल पोषण ही नहीं आत्मिकता भी चाहती है । पत्नी नारी होती है और नारी के सीने में धड़कता हुआ नन्हा सा सुकुमार हृदय भी होता है जो भावनाओं, प्रेम और पवित्रता से, उत्साह से लबरेज होता है । वह वासना ही नहीं अपनत्व भी चाहती है ।

प्रेम के बिना उसका जीवन रेगिस्तान बन जाता है । एक ऐसा वीराना जो अपने साथ दूसरे हँसते चमन भी उजाड़ देता है । वह एक ऐसी प्रेम सुधा है जो जीवन को सरसाया करती है । साथ ही वह एक ऐसी आग भी है जो दुनिया को जला कर राख कर देती है ।

कमल नारी थी । वह पत्नी थी और पत्नी की आवश्यकताओं को असीम अच्छी तरह समझ चुका था । वह अजरा से मन हार चुका था लेकिन उसका विवेक उसके साथ था । कर्तव्य निभाने की प्रेरणा भी उसे उसी अजरा ने दी थी जिसने उसकी भोली भावनाओं को बहकना सिखाया था । आदर्श का मापदंड उसके हाथों में उसी अजरा ने थमाया था जिसने उसे प्रेम की परिभाषा समझाई थी । फिर वह अपने कर्तव्य को कैसे भुला देता ? कैसे भूल जाता कि वह एक पति है ? पति, जिसका कर्तव्य पत्नी को सुख सुविधा के बीच रख कर , उसके साथ हिल मिलकर जीवन का सफर तय करना है ।

जितना ही उसे अजरा की याद सताती वह कमल के निकट होने का प्रयत्न करता। उस ने कमल की प्रत्यक्षता से अजरा की परोक्षता को ढक दिया। अपनी कमल में उसने अजरा के अस्तित्व का समावेश कर देना चाहा और कमल की हर बात में अजरा का सत्व ढूंढने लगा।

अजरा ..... उसकी प्रेयसी ..... उसकी प्रेमिका....

अक्सर वह अजरा के विषय में सोचता - कैसी हो गई अजरा ?

कितनी निष्ठुरता से कह बैठी -

"जाओ।"

क्या अपनी दुनिया में अपने ही हाथों आग लगाते उसे दुख न हुआ होगा ? क्या उसका दिल उस एक शब्द को कहने में ही दहल न गया होगा ? क्या अपने अरमानों की चिता बनाते समय एक बार भी उसका हाथ न काँपा होगा ? एक बार भी उसने यह नहीं सोचा कि उसका क्या होगा ? असीम को छोड़कर वह किसे प्यार कर सकेगी ? कौन ऐसा भाग्यवान होगा जिसे वह मन का सिंहासन सौंप सकेगी ? कौन उसकी भावनाओं की डोली सजायेगा ? कौन उसकी कुंवारी साधों को सिंदूर

पहनाएगा ? किस के इंतजार में उसकी चूड़ियां खनक उठेंगी ? हाय अजरा ! यह क्या किया तुमने ?

वेदना से असीम का हृदय फटने लगता । वह जानता था कि अजरा उसके सिवा किसी और की कभी नहीं बन सकेगी । अजरा का सुहाग उसे अब चिता पर ही मिलेगा । उसकी आंखों के सामने ही उसकी अजरा तड़प तड़प कर मर जाएगी और वह वह कुछ भी नहीं कर सकेगा । अजरा ने उसे जिस बंधन में बांध दिया उसे वह कभी नहीं तोड़ सकेगा । निर्मोही समाज ! आज तूने एक अबला को जीवित समाधि दे दी ।...

ooooo

असीम के ऑफिस से आने का समय हो रहा था । कमल उसकी प्रतीक्षा में बैठी थी । घड़ी ने टन टन कर पांच बजाए । कमल ने प्रतीक्षा भरी दृष्टि से सूने द्वार की ओर देखा । अब तक असीम को आ जाना चाहिए था । न जाने कहां रह गए वो ।

मन बहलाने के लिए कमल ने चित्रों के एल्बम उठा ली और उसके पन्ने पलटने लगी एल्बम असीम के चित्रों से भरा

था। बचपन से लेकर अब तक के कितने ही चित्र अलग-अलग पोज में लगे हुए थे। पन्ने पलटते पलटते कमल के हाथ रुक गए। उसकी दृष्टि एक चित्र पर ठहर गई।

चित्र किसी युवती का था। चित्र रंगीन था। सलवार कुर्ती में सजी थी वह नारी मूर्ति। अधरों पर स्मिति की हल्की सी रेखा थी। आसमानी रंग के दुपट्टे के पीछे से उसका सौंदर्य जैसे फूटा पड़ रहा था। एकटक देखती रह गई कमल उस चित्र को। "कितना सुंदर चित्र है।"

अनायास ही उसके मुंह से निकल पड़ा था।

"यह अजरा है।"

कमल ने चौंक का सर उठाया। चित्रों को देखने में वह इतनी खो गई थी कि कब असीम आकर उसके पास खड़ा हो गया इसका उसे पता ही न लगा। पति से उस लड़की का नाम जान कर वह और अधिक उत्सुक हो उठी। पूछा -

"अजरा कौन?"

"तुम नहीं जानती उसे। यही वह लड़की है जो मेरे लिए अपनी जान तक दे सकती है और ...."

"और जिसे तुम बहुत प्यार करते हो।"

कमल ने मुस्कुराते हुए उसका वाक्य पूरा कर दिया ।

"हां कमल ! वास्तव में मैं उसे बहुत प्यार करता था । आज भी करता हूं । मैं उसे भूल नहीं पाता किसी तरह ।"

"कहां है वह आजकल ?"

"कुछ कह नहीं सकता । विवाह के समय से मैंने उसे नहीं देखा । न उसका कुछ समाचार ही मिला मुझे ।"

"अच्छा जाओ , मुंह हाथ धो लो । तब तक मैं चाय बना दूं । पानी खौल रहा है ।"

"अच्छा !"

असीम के जाने पर कमल ने चाय तैयार की । नाश्ते की प्लेट सजाई लेकिन उसके विचार अजरा में ही उलझे रहे ।

चाय का प्याला उठाते समय उसने फिर पति को छेड़ा -

"तुम जब अजरा से इतना अधिक प्रेम करते थे तो उस से विवाह क्यों नहीं किया ?"

"वह मुसलमान है कमल ! हमारा समाज हमें इसकी अनुमति कैसे दे सकता है ? वह हमें कब एक बंधन में बंधने देता ?"

"बुरा न मानना । बताओ , क्या अजरा से संपर्क बढ़ाने से पहले तुमने समाज की अनुमति ली थी ?"

"कमल !"

"जब तुमने प्रेम करने से पहले समाज की आज्ञा नहीं ली तो उसे अपनाते समय क्यों समाज के डर से कायर बन गए ?"

"तुम समझती नहीं कमल !"

"तो समझा दो न ! प्रेम निभाते समय उपजने वाली कायरता की बात मैं कभी नहीं समझ पाती ।"

कुछ उद्विग्नता से बोली कमल ।

"मैंने समाज को ठुकरा कर अजरा को अपनाना चाहता लेकिन ...."

"लेकिन उसने ही इनकार कर दिया । क्यों ?"

कमल ने व्यंग किया ।

"हां लाजो ! ऐसा ही हुआ .."

"रहने दो बातें बनाने को ।"

"बातें नहीं बना रहा हूं ...सच्चाई बता रहा हूं । मैंने जब उसके सामने विवाह का प्रस्ताव रखा तो उसने समाज की दुहाई दी ।

कर्तव्य और आदर्श कि चिता पर अपने अरमान सुला दिए। उसी के प्रेरणा पर मैं तुम से विवाह कर सका और उसी की कर्तव्य भावना के कारण तुम्हें इतना निकटतम भी बना पाया।"

"लेकिन उसने ऐसा किया क्यों ? कौन स्त्री चाहती है कि उसका स्वामी उससे दूर हो जाए ? उसने क्यों अपनी खुशियां नीलाम कर दी ?"

"इसलिए कि मैं मां-बाप के प्रति अपना कर्तव्य निभा सकूं, अपने धर्म के साथ विश्वस्त रह सकूं और दुनिया में अपनी शराफत और अच्छाई का ढिंढोरा पीट सकूं।"

कहते-कहते असीम का स्वर कुछ कसैला हो गया। उसका हृदय भीतर ही भीतर तड़पने लगा। कमल ने पति की उद्विग्नता जान ली और अपने छेड़े प्रसंग को अनुचित समझ कर सकुचा उठी।

बात बदलने के लिए वह बोली -

"विचित्र लड़की थी वह भी तभी तो ऐसा पागलपन कर बैठी। मुझसे तो ऐसा न हो पाता।"

"सच कहती हो ?"

"हां, मगर अफसोस.... मुझे कोई ऐसा चाहने वाला मिला ही नहीं ।"

कमल का स्वर चंचल हो उठा ।

"प्यार करोगी किसी से ?"

"हां लेकिन केवल तुमसे ही ।"

कह कर उसने पति की और हँसती आंखों से देखा । असीम ने उन आंखों में लहराते प्रेम सागर को एक ही दृष्टि में माप लिया और उसे प्यार की लज्जा से नहला दिया ।

ooooo

कमलेश दोपहर काटने के विचार से बैठी थी पलंग पर । अकेली, हाथ में एक साड़ी ले रखी थी उसने । उसके आंचल पर फूल बनाती जाती थी और गाती जाती थी -

"मेरी आंखड़ियों में है जो

पलक पांखड़ियों में है जो

सुन रे सुन मेरे मन आने वाले हैं वो

आने वाले हैं वो ....."

अपने गीत में वह डूब गई थी तभी पर्दा हटा कर दो युवतियों ने कमरे में प्रवेश किया।

"आने पर एतराज तो नहीं है ?"

कमल ले आंचल ठीक किया। उठ कर बोली -

"जब आ गई तो एतराज हो या न हो क्या फर्क पड़ता है ?"

फिर मुस्कुरा कर बोली -

"आइए। माफ कीजिएगा मैंने आप लोगों को पहचाना नहीं।"

" पहचाना तो हमने भी नहीं।"

आने वाली युवतियों में से दबे रंग वाली युवती मुस्कुरा कर बोली -

"मिसेज असीम आप ही हैं न ?"

"जी , और आप ?"

"मुझे सलोनी कहते हैं और यह है मिस अजरा।"

"अजरा ?"

चौंक पड़ी कमलेश । उसने नजर भर कर देखा उस नारी मूर्ति की ओर । सफेद साड़ी में लिपटी उदास अजरा शिथिल सी खड़ी थी द्वार का सहारा लिये ।

कमल से दृष्टि मिलने पर हल्के से मुस्कुराई वह ।

"तुम .... भाभी हो न ! कमल भाभी ?"

"और तुम कौन हो अजरा ! मेरी सौत ?"

कमल ने हँस कर पूछा शरारत से लेकिन उसका वह एक शब्द तीर की तरह अजरा के दिल में जा चुभा । स्तब्ध सी वह देखती रह गई उसे ।

"आओ, भीतर आओ । मेरा बड़ा भाग्य जो तुम मेरे घर आई । वह तुम्हारा कोई समाचार न मिलने से बहुत परेशान थे ।"

कमलेश ने बिगड़ी बात संभालने का प्रयत्न करते हुए कहा पर अजरा ने जैसे कुछ भी नहीं सुना ।

"अजरा !"

कमल ने बढ़कर उसकी कलाई पकड़ ली और बरबस ला का पलंग पर बिठा दिया । साड़ी एक ओर खिसका दी । स्वयं बगल में बैठ कर पूछ बैठी -

"कुशल से तो रही ?"

"हाँ ।"

अजरा ने संक्षिप्त उत्तर दिया ।

"नाराज हो गई ?"

"नहीं तो । तुमसे मिलने की बड़ी इच्छा थी । आज भगवान ने पूरी कर दी ।"

"क्यों मिलना चाहती थी मुझसे ?"

पूछा अजरा ने ।

"वह तुम्हारी इतनी प्रशंसा करते हैं कि उत्सुकता जाग ही जाती है । और फिर तुम उनकी प्रिय भी तो हो उनके नाते मेरी भी तो प्रिय हुई न !"

"हां , सो तो है ही ।"

अजरा ने कहा और दोनों मुस्कुरा दी ।

थोड़ी ही देर में और कमल को अजरा घुलमिल गई । अजरा के मधुर व्यवहार से कमल उसे अपनी छोटी बहन की तरह स्नेह करने लगी और वह तो कमल को यूं ही मान दिये बैठी थी । दोनों के इस सम्मिलन से सलोनी खुश थी क्योंकि उसका ख्याल था कि इस मिलन और स्नेह से असीम के विचारों से काफी हद तक मुक्त होकर अपने जीवन को संयमित कर सकेगी ।

बातों ही बातों में अनायास ही पूछ बैठे अजरा ।

"भाभी , एक बात पूछूं ? नाराज तो नहीं होगी ?"

"नहीं नाराज क्यों होऊँगी ?"

"पूछो ।"

"गुस्सा नहीं करना ।"

"नहीं करूंगी ।"

कमल हँस दी ।

"तो .... तो बताओ भाभी ! क्या वे तुम्हें प्यार करते हैं ?"

अजरा ने कुछ संकोच से पूछा ।

"हां , बहुत ज्यादा ।"

"सच कह रही हो ?"

"हां अजरा ! बिल्कुल सच कह रही हूं लेकिन ...."

"लेकिन क्या ?"

"लेकिन कभी कभी वे बिल्कुल उदास हो जाते हैं । मेरे पास आते आते अचानक ही झिझक कर दूर हो जाते हैं । हट जाते हैं । कुछ कहते-कहते न जाने क्या सोचकर चुप हो जाते हैं और एकांत कमरे में जाकर भीतर से कमरा बंद कर लेते हैं । पता नहीं क्या हो जाता है उन्हें ..."

कमल ने निःश्वास लिया ।

"भाभी !"

अजरा के अधर काँप उठे ।

"हां , जब ऐसा होता है तो मैं बहुत घबरा जाती हूं । बहुत परेशान हो जाती हूं । जब बहुत पूछती हूं तो ..... तो कहते हैं कि .... "

कमल की दृष्टि अजरा के मुख पर स्थित हो गई -

"कहते हैं कि.... अजरा की याद मुझे जीने न देगी ।"

"भाभी !"

तड़प उठी अजरा ।

"हाँ अजरा !"

कुछ कहते-कहते कमल रुक गई ।

" हाय भाभी ! मुझे माफ कर दो । मैंने तुम्हारे जीवन में जहर घोला है न !"

"तुमने कुछ भी नहीं किया । यह सब तो तकदीर की बात है । मैं उन्हें पाकर भी नहीं पा सकी और तुमने उन्हें खोकर भी पा लिया । जीवन की इस बाजी में मैं जीत कर भी हार गई और तुम हार कर भी जीत गई ।"

"नहीं नहीं । ऐसा न कहो भाभी ! मैंने तुम्हें गम दिया है , तुम्हारे वैवाहिक जीवन पर सांवली छाया डाली है तो तुम्हारे दामन में फूल भी मैं ही डालूंगी । भाभी मैं तुम्हारी राह के कांटे पलकों से चुन लूँगी । तुम्हारी खुशी के लिए मैं सब कुछ करूंगी .... सब कुछ ।"

अजरा की आँखें दृढ़ निश्चय से चमक उठीं ।

"बस कर पगली ! मैं बहुत खुश हूं ।"

तभी असीम ने घर में प्रवेश किया । उसे देखते ही कमल उठ खड़ी हुई ।

"अरे, आप आ गए ?"

असीम को देखते ही अजरा संकुचित हो गई थी ।असीम ठगा सा देखता रह गया उसे । सलोनी ने स्थिति संभाली ।

"नमस्ते असीम बाबू !"

"नमस्ते । कब आई तुम लोग ?"

असीम संभल गया । औपचारिकता के बाद थोड़े से शब्दों में ही सारा संकोच और परस्पर लज्जा की दीवार सिमट गई । अजरा खुल कर असीम से बातें करने लगी । ऐसे जैसे वह उसकी कोई निकट संबंधी हो , आत्मीय मित्र ।

कमल और अजरा की आत्मीयता और परस्पर स्नेह बंधन ने सलोनी को उल्लसित कर दिया । बात बात में वह कमल को छेड़ने लगी । 'भाभी' शब्द ने उसे मजाक की पूरी छूट दे दी थी पर अजरा वह संकोच तोड़ कर भी अपनी मर्यादा की सीमाओं में स्वयं को समेटे हुए थी ।

असीम आज इतने दिनों बाद अजरा को देख कर निहाल हो उठा था । वह अजरा को देख कर जैसे सब कुछ पा गया था । उसका कृश तन उसे दुखी कर रहा था फिर भी वह प्रफुल्ल था । अवसर पाकर कमल बहाने से सलोनी के साथ वहां से चली गई ।

कमरे में अजरा और असीम ही रह गए। असीम ने इतनी देर बाद नजर भर कर देखा उसे। उसका सुंदर मुख कुम्हला गया था। आंखों के नीचे हल्की स्याही पड़ गई थी और गोरा बदन बुझ चला था। उसकी अंतर्व्यथा रोएँ रोएँ से प्रगट हो रही थी।

अजरा के शरीर पर सजा सफेद परिधान उसे और भी करुण बना रहा था। अजरा का वह रूप देखकर असीम का दिल भर आया। आँखें उमड़ आईं।

"अजरा !"

असीम ने पुकारा था। अजरा ने उसकी आंखों में उसी सहजता से देखा जैसे उनके बीच कोई दूरी ही न हो। अब तक की सारी घटनाएं जैसे मिट गईं। उसकी उस मदभरी स्नेहिल चितवन से असीम चंचल हो उठा।

"नाराज हो मुझसे ?"

असीम ने बात बढ़ाने की चेष्टा की।

"हाँ।"

अजरा मुस्कुराई।

"क्यों ?"

"हमें ब्याह में बुलाया जो नहीं था ।"

वह मुस्कुराती हुई चपलता से बोली ।

"डरता था कि तुम्हें दुख होगा ।"

"न बुलाने से सुख हुआ क्या ?"

"मैं समझा नहीं था अजरा ! अच्छा , अब माफ कर दो ।"

"......."

अजरा चुप रह गई ।

"माफ नहीं कर सकोगी ?"

असीम ने पूछा ।

"कर सकती हूं लेकिन एक शर्त पर ।"

"क्या ?"

"एक वादा करना पड़ेगा ।"

आश्चर्य से पूछा असीम ने -

"कैसा वादा ?"

"पहले बताओ .... करोगे ?"

"हां , करूंगा ।"

"तो वादा करो असीम ! कि तुम कमल को उतना ही प्यार करोगे जितना ..... जितना तुम मुझे प्यार करते हो । वादा करो असीम , कि कमल आज से तुम्हारी पत्नी ही नहीं प्रियतमा बन कर रहेगी ।"

"अजरा !"

असीम सिहर उठा ।

"हां असीम, वादा करो । करो न !"

"लेकिन .... मैं तुम्हें भूल जो नहीं सकूंगा ।"

असीम ने परेशानी से व्यथित होकर कहा ।

"न सही । कोशिश करना मुझे पहचानने की । मैं..... मैं तुम्हें कमल भाभी की हर चेष्टा में मिलूंगी असीम ! आकाश की नीलिमा में , फूलों की हसीन वादियों में , सितारों की जगमगाहट में , हर जगह जहां भी तुम मुझे ढूंढोगे वही मुझे रची बसी पाओगे लेकिन भाभी का अनादर न हो । उनका दिल न दुखाना असीम ! मैं हमेशा तुम्हारे पास हूं । तुम्हारे नजदीक , तुम्हारे दिल की हर धड़कन में बसी हुई हूं । असीम , तुम्हारी

आत्मा में मेरी रूह मिल चुकी है । मुझे पहचान लेना लेकिन वादा करो पहले .... करो न .."

अजरा के सजल नयनों ने आग्रह किया तो असीम टाल न सका ।

"मैं वादा करता हूं ।"

"सच , तुम .... तुम कितने अच्छे हो असीम ... मैं तुम्हें हमेशा दुख ही देती रही हूं ....हमेशा तुम्हें सताया फिर भी तुम मेरा मान रखते आए ।"

कहते-कहते अजरा की आंखें बरस पड़ी ।

"अजरा ! न रो अजरा !"

असीम पीड़ा भरे स्वर में बोला ।उसकी सांत्वना पाकर वह बिखर पड़ी । असीम के पैरों पर अपना सर रख दिया उसने ।

"मैं .... मैं .. बहुत बदनसीब हूं असीम ! मेरी किस्मत में कोई खुशी नहीं । खुदा ने मुझे कोई नियामत नहीं दी और दर्दो गम से दामन भर दिया । मैं ...."

"पागल न बनो अजरा । समय को झेलने दो । मिलकर मुसीबत काट लो । समय ही तो है, गुजर जाएगा ।"

"हां असीम ! समय ही तो है ..."

कहते कहते अजरा ने आँखें पोछ लीं ।

छलकती पलकों के साए में हंस पड़ी वह । वर्षा के बीच जैसे अचानक ही बिजली सी कौंध गयी उसके मुख पर ।

असीम देखता रह गया धैर्य की मूर्ति को । उस विचित्र नारी प्रतिमा को । वह चकित था उसके त्याग पर । अपने आदर्शों पर मिट कर भी खुश थी । नारी थी, कमजोर थी, फिर भी उसे भावनाओं पर विजय पाना आता था तभी तो आंसुओं से अपनी झोली भर कर भी इस निश्चिंतता से हंस रही थी ।

उस रात जब कमल और असीम से विदा लेकर अजरा लौटी तब उसका मन हल्का था परंतु भावनाओं पर बोझ बढ़ गया था । उसने अपनी हर खुशी की रेखा मिटा दी थी फिर भी संतुष्ट थी । सुखी थी अपने प्यारे असीम का दांपत्य जीवन संवार कर । यही था सच्चे प्रेम का , आदर्श महानता का उन्नत प्रतिमान ।

oooooo

चार

"तुम कौन हो जी ?"

उद्यान की सीढ़ियों पर किसी अपरिचित युवक को बैठे देख कर सलोनी पूछ बैठी ।

उस दिन उसका मन कुछ विमन था । अजरा से आग्रह कर वह इस सूने मंदिर में पूजा करने आ गई थी । इतनी दूर अकेले आने से उसने रोका था लेकिन शिवरात्रि का उपवास बिना शिव शृंगार के पूरा न होता ।

विधर्मी होने के कारण अजरा ने उसका न साथ दिया इस भय से कि कहीं मंदिर पर एकत्र हिंदू महिला समाज कुछ उचित अनुचित न कह बैठे । सलोनी को अकेली ही आना पड़ा था वहां ।

मंदिर सूना था । कुछ बेलपत्र, धतूरे के फल और मदार के फूल मूर्ति पर चढ़े हुए थे । सलोनी अपने साथ डाली भर फूल

लाई थी । उसने रुचिपूर्वक घंटे भर में भोले बाबा का शृंगार किया । दूध में बनी भांग और बैर आदि का प्रसाद चढ़ाया और अजरा के न आने पर मन ही मन पछताती लौट पड़ी थी । लौटते समय मंदिर से लगे उद्यान की सीढ़ियों पर किसी अपरिचित को बैठे देख कर वह पूछ बैठी -

"तुम कौन हो जी ?"

और फिर स्वयं ही संकुचित हो गई । भला उसे क्या मतलब किसी से ? होगा कोई बैठा । उसे क्या । तब तक अपरिचित उसकी ओर उन्मुख हो गया । उसका चेहरा उदास था और बड़ी-बड़ी आंखों में आँसू मचल रहे थे । चौंक पड़ी सलोनी ।

उसकी आंखों में आंसू देख कर कौन है , क्यों रोता है , क्या हुआ है उसे , कितने ही प्रश्न उसके बाद भोले नारी हृदय में मचलने लगे । कुछ देर देखती रही वह उसे फिर बोली -

"रोते क्यों हो जी ? कहीं मर्द भी रोते हैं ? रोने वाले कायर होते हैं ।?

उसकी भोली बात पर अपरिचित के होठों पर दर्दीली मुस्कान की रेखा तिर आई ।

"रोऊँ न तो क्या करूं ?"

"क्यों ? रोते क्यों हो ?"

पूछा सलोनी ने ।

"बाबा बचपन में ही गुजर गए थे । कल रात माँ भी चल बसी और आज यह तार आया है सीमा पर से कि मेरा भाई जवाहर सिंह भी सेना में काम आया । मैं अब अकेला क्या करूं ? हंसू इस दुर्भाग्य पर ?"

कटु स्वर में वह बोला । उसकी दुख कथा सुनकर उदास हो गई सलोनी ।

"पूजा करने आई थी ?"

"हां ।"

"तुम्हारा विश्वनाथ बाबा बड़ा बेरहम है । मेरी दुनिया उजाड़ दी निर्मोही ने ।"

उसका स्वर विषाक्त हो गया ।

"भगवान को क्यों दोष देते हो ?"

"तो किसे दूं ? उसने ही तो मुझे रुलाया । मेरी खुशियां छीन लीं । क्या कहूं फिर उसे ?"

और भी तिक्त हो गया उसका स्वर ।

"अपनी किस्मत को दोष दो । अपने किए दुष्कर्मों को दोष दो जिन्होंने तुम्हें यह दिन दिखाया । तुम्हें भगवान ने नहीं तुम्हारी कायरता ने रुलाया है । माँ वृद्ध थी । उसे तो मरना ही था । मर गई । भाई देश के काम आया तो क्या कम अभिमान हुआ । रोने वाले कायर होते हैं । तुम्हारी जगह मैं होती तो खुशी से सेना में अपना नाम लिखवा लेती । भाई की तरह अपना नाम भी रोशन करती । तुम्हारी तरह सिर पर हाथ रख कर रोती नहीं ।"

उद्वेग से बोली सलोनी, फिर हँस दी ।

"लड़ाई तुम्हारे जैसे डरपोकों के लिए नहीं है । चूड़ियां पहन कर घर बैठो ।"

और हँसती हुई आगे बढ़ गई । कुछ कदम चल कर वह अचानक रुकी । पीछे मुड़ कर पूछा -

"तुम्हारा नाम क्या है ?"

"सुदेश । तुम्हारा ?"

"लड़की ।"

कह कर वह खिलखिला पड़ी ।

"सुदेश बाबू ! लड़कियों का नाम पूछने के लिए बहादुर बनना पड़ता है । आया समझ में ?"

सलोनी चली गई और सुदेश स्तब्ध सा देखता रह गया उस चपल बाला को जो खुलेआम उसका उपहास करके निडरता से इठलाती चली गई थी ।

अनजाने में ही सलोनी के किये अपमान ने उसके मन की आंखें खोल दी । उसे कर्तव्य की राह दिखा दी । मोह ने उसे अभिभूत कर दिया था । वह भटक गया था । सलोनी की फटकार ने उसे फिर सही राह दिखा दी । सचमुच कितना कायर हो गया था वह । उसे प्रकाश की रेखा दिख गई और मार्ग निश्चित हो गया ।

सुदेश का उपहास कर सलोनी चली आई लेकिन उसका हृदय उसे धिक्कारने लगा ।

सुदेश के ..... किसी अपरिचित के दुखी हृदय का उपहास करके तूने अच्छा नहीं किया । मां से किसे प्यार नहीं होता ? भाई किस का प्यारा नहीं होता ? मां और भाई के इस निधन से किस का पत्थर हृदय नहीं पिघल उठेगा ? कौन बेरहम धीरज छोड़कर पागल न हो उठेगा ? किसका शोक विह्वल हृदय फूट-फूटकर न रो पड़ेगा ? ऐसे निरालंब युवक का उपहास करके तू ने बड़ी भूल की सलोनी । कितनी कठोर है तू । तू पत्थर है ।

व्याकुलता से भरी सलोनी ने घर में प्रवेश किया। उसका व्यग्रता से भरा चेहरा देख कर अजरा ने आतुर होकर पूछा -

"सलोनी! तेरा जी तो अच्छा है न ?"

"दीदी!"

सलोनी टूटती सी बोली।

"क्या हुआ ?"

अजरा ने उसे पकड़ कर पलंग पर बिठाते हुए पूछा -

"अब बता। क्या बात है ?"

उदास स्वर में दुखी होकर सलोनी ने पूरी घटना सुना दी। सुनकर उसने पूछा -

"तो ?"

"तो क्या दीदी! मुझसे अपराध हो गया है। मैंने नाहक ही एक अभागे का दिल दुखा दिया। न जाने बेचारे को कितना दुख हुआ होगा। क्या करेगा वह ..."

सलोनी की आंखें भर आईं। अजरा कुछ देर उसके मुख की ओर देखती रही, फिर मुस्कुरा कर पूछा -

"बहुत दुख हो रहा है क्या ?"

"दीदी ! मैंने अपराध जो कर दिया है । कैसे मेरे इस पाप का प्रतिकार होगा ?"

"कहीं यहां दर्द तो नहीं होने लगा ?"

अजरा ने उसके दिल पर हाथ रख कर चंचलता से पूछा ।

"हटो दी ! तुम तो मजाक करती हो ।"

सलोनी लज्जित होकर बोली ।

"तो और क्या करूं ?"

"क्या जो मैंने किया वह गलत नहीं था ?"

"था ।"

"तो ?"

"तो अब अफसोस करने से क्या फायदा होगा ? तुमने जो कहा असमय कहा लेकिन गलत नहीं कहा । भगवान सब अच्छा ही करेंगे ।"

"मुझे संतोष नहीं होता ।"

"तो एक काम करो ।"

"क्या ?"

"जाओ, तिजोरी में से एक एक रुपए के सौ नोट निकाल लो और जरूरतमंदों को दे आओ ।"

"उस से क्या होगा ?"

"तुम्हारे अपराध का प्रायश्चित ।"

"सच कह रही हो ?"

"हां।"

सलोनी को झिझकते देख कर अजरा ने आग्रह किया -

"जाओ सलोनी, लेकिन ध्यान रखना, रुपया जरूरतमंदों को ही मिले ।"

"अच्छा ।"

सलोनी ने उत्तर दिया और रुपए लेकर चली गई लेकिन फिर भी उसके मन की टीस न गई । हाँ, कुछ परितोष जरूर हुआ ।

ooooo

अचानक ही समय ने करवट ली और सब कुछ बदल गया। अपने स्वार्थ के मद में चूर पाकिस्तान ने मौका पाते ही भारत पर हमला कर दिया। चीन का आक्रमण और पाकिस्तान का धोखा , भारत पर दोहरी चोट पड़ी। उसका सोया स्वाभिमान तिलमिला उठा। आजादी के परवाने अपनी आजादी को बचाने के लिए , देश की स्वतंत्रता को बनाए रखने के लिए उस समर भूमि में कूद पड़े।

देखते-देखते चौकियां सूनी होने लगी। गांव के गांव उस अनाचार की आग में राख होने लगे। कितनी सुहागिनों का सिंदूर पुंछ गया। कितनी माताओं के लाल छिन गए। कितनी बहनों के भाई मिट गए कुछ हिसाब नहीं। एक आग थी जो सब कुछ जलाए चली जा रही थी। विद्रोह की आग सिमटती नहीं वरन फैलती ही जा रही थी।

कहीं कहीं हिंदू मुसलमानों में दंगा हो गया। हिंदुओं ने मुसलमानों की बलि चढ़ाई और मुसलमानों ने हिंदुओं के कलेजे में खंजर उतार दिए। विरोध और परस्पर वैमनस्य की आग भड़कती ही जा रही थी। उधर सीमा पर भारतीय आजादी के लिए जूझ रहे थे और इधर देशभर में फैले कुछ स्वार्थी मतलब परस्त सीधी-सादी जनता को भड़का कर अपना उल्लू सीधा करने में लगे थे। जगह-जगह कर्फ़्यू लग रहे थे।

घर से निकलना मुश्किल था। जानें सस्ती हो गई थीं। जिंदगी का कोई भरोसा नहीं रह गया था। कोई भी घर से निकलता तो उसके लौटने की आशा धूमिल हो जाती थी। अविश्वास का बोलबाला था। सभी एक दूसरे को अविश्वास की दृष्टि से देखने लगे थे।

उस भयानक स्थिति में अजरा और सलोनी चुप बैठी न रह सकीं। उन्होंने नर्स की ट्रेनिंग ले ली और घायलों की सुश्रूषा में लग गईं।

जनता में फैली वैमनस्य की भावना को उन्होंने हटा कर खुशियां भरने का प्रयास किया। उदास होठों को मुस्कानें दीं और कितनी ही बस्तियाँ उजड़ने से रोक लीं।

परस्पर फूट की आग शांत हुई तो महिला समाज उन वीरांगनाओं की छत्रछाया में निकल पड़ा। गली गली में देशभक्ति के गीत गूंज उठे। बलिदान की चिनगारी सुलगने लगी।

इधर अजरा और सलोनी स्वतंत्रता संग्राम के लिए देश के सपूतों का आह्वान कर रही थी और उधर कमल और असीम अपने सहयोगियों की टोली लिए गली गली घूम कर सुरक्षा कोष के लिये धन , सोना रुपया और रक्त एकत्र कर रहे थे।

वह समय .....

ओह, कितने भयानक थे वे दिन। रात की सुहागिनें सुबह की धूप खिलने से पहले ही विधवा हो जाती थी। रात को मां की छाती से लिपट कर सोया बच्चा सुबह होने से पहले ही मां के साथ जिंदा जल जाता था। गांव के गांव अनाचार की आग में धू-धू कर जल रहे थे।

मासूम जिंदगियां भूख से तड़प तड़प कर दम तोड़ रही थीं। सुकुमार कलियां और किशोरियों अनाचारियों की बर्बरता का शिकार होकर अपानी अस्मत लुटा रही थीं। एक-एक की इज्जत हजारों में बंट रही थी।

कितनी ही द्रुपद सुताओं की चीर भरी सभा में खींची जा रही थी। कितनी ही राधाएँ अपने मोहन की विदाई में आँसू बहा रही थीं। कितनी ही बूढ़ी आँखे अपने जवान बेटों का शव दाह देख रही थीं। कितनी ही कुमारियाँ कौमार्य का सौदा करने को मजबूर थी। न जाने कितनी भारत की ललनाएँ पाक के लुटेरों की दिलजोई करने के लिए मजबूर हो रही थी। कितनी ही विधवा युवतियां अपनी आंखों के आगे ही अपना श्रृंगार लुटा कर तड़प तड़प कर दम तोड़ रही थी।

माताओं के आगे ही उनके सुकुमार शिशु संगीनों की चोट का स्वाद चख रहे थे। बहन की चीर एक हाथ से खींचते कितने

ही अनाचारी उनके भाइयों को धरती की गोद में सुला रहे थे । चूड़ियां टूट रही थी । श्रृंगार लुट रहा था । राखी के धागे बेदम हो रहे थे । मां की ममता का सौदा किया जा रहा था । प्यार नीलाम हो रहा था । और .... और .. हिंदुओं का भगवान मुसलमानों का खुदा , ईसाईयों का गॉड , सब चुप थे । खामोश .... ।

धरती अत्याचार के बोझ से दबी जा रही थी । धीरज का दामन छूटता जा रहा था । भारत के जन जन के मन में इन अनाचारों ने जो आग फूँक दी थी वह उन्हें चैन न लेने दे रही थी । प्रतिदिन के समाचार पत्रों में छपने वाले समाचार उनके पुरुषत्व को चुनौती दे रहे थे ।

और तब .....

अनगिनत नौजवान सेना की कतारों में आ खड़े हुए । स्त्रियों ने भी धैर्य अपना लिया । आंसू पोंछ लिए और बंदूक के संभाले पुरुषों के कंधे से कंधा मिलाकर लड़ने के लिए आ खड़ी हुई । उनके इस साहस ने पुरुषों में दुगुना जोश भर दिया । अनपढ़ और अशक्त अबलाओं ने स्वेटर, मोजे आदि वस्तुएं तैयार कर के मोर्चे पर लड़ने वाले जवानों के लिए भेजी ।

कवियों की स्वर लहरी बदल गई । प्यार और सुख शांति के गीत रण - घोष में बदल गए अभिसार के आमंत्रण का स्थान

संग्राम के आह्वान ने ले लिया। मदन दुंदुभी उद्‌बोधन की ललकार बन गई और कायरों के दिल भी एक बार बंदूक उठाने के लिए मचल उठे।

जातीयता की भावना को लेकर हिंदू और मुसलमान जो एक साथ भाई भाई की तरह रहते थे आपस में ही कट मर रहे थे। भाई भाई की गर्दन पर बिना किसी हिचक या संकोच के छुरी फेर रहा था। मुसलमान काफिरों की गज़लें उतारकर जन्नत में अपने लिए सीटें रिजर्व कर रहे थे और हिंदू धर्म के नाम पर वैमनस्य के आधार पर पुराना बदला चुका रहे थे।

कितने ही गुलजार नगर वीरान हो रहे थे। मासूम बच्चों का जिस्म खून के सैलाब में फूल बन कर तैर रहा था और औरतें बेवा बन कर अपने उन्हीं दुश्मनों की वासना की आग बुझाने पर मजबूर हो रही थी जो कुछ ही दिनों पहले उनके अजीज थे।

उस भयंकर अत्याचार की चक्की में पिसती जनता भी एक आह्वान सुन रही थी - रण घोष का आह्वान उसके कानों से टकरा रहा था। विद्रोह की ज्वाला में धधकती आत्माएं प्रतिशोध के लिए व्याकुल हो रही थीं।

अपने भोगे हुए अनाचारों को स्मरण कर अपनी स्वतंत्रता को अक्षुण्ण बनाए रखने की आकांक्षा हर दिल में उमड़ रही थी । उसी आकांक्षा ने उन्हें कुर्बानी की प्रेरणा से रंग दिया था ।

बहनें अपने सुकुमार भाइयों को राखियों की सौगंध दे रही थीं -

"भैया, राखी की लाज निभाना । मेरे जैसी हजारों बहनों की इज्जत तुम्हारे हाथ में है । जाओ, जय का सेहरा तुम्हारे ही सर बंधेगा । विजयी हो ।"

माताएं अपने जिगर के टुकड़ों के हाथों में बंदूकें पकड़ा रही थीं -

"मेरे लाल ! दुश्मन को पीठ दिखा कर मेरे दूध को लज्जित मत करना । तुमने भारत भूमि पर जन्म लिया है और मां का दूध पिया है तो जीत कर ही आना । तुम्हें धरती मैया की सौगंध , मेरी कोख की लाज रखना ।"

कामिनियाँ अपने पतियों को रण का साज सजा रही थीं । विदा देते समय आंखों में आंसू और होठों पर मुस्कान सजाए उनका प्यार कह रहा था -

"जाओ देवता ! देश की आन पर कुर्बान हो जाओ । इतिहास तुम्हारा यह बलिदान स्वतंत्रता के इतिहास में स्वर्ण अक्षरों में

लिखेगा जो युगो युगो के लिये तुम्हें अमर बना देगा । हमारा सिंदूर तुम्हारे जय घोष में ही उज्जवल होगा ।"

धरती के कण कण से फूट रहा था एक अमर आह्वान जो हर मन को पुकार रहा था । निराशा और दुख की आग में जलती जनता जो अपने पड़ोसी देश के इस विश्वासघात से किंकर्तव्यविमूढ़ हो गई थी चैतन्य हो गयी । स्वत्व की कामना अंगड़ाइयां लेने लगी और उस भयंकर समय में भी घबराए भारतवासियों ने धैर्य धारण कर समय के साथ संतुलन स्थापित कर लिया तथा लोहा बजाने के लिए तैयार हो गए ।

अचानक हमले से हुई ताबड़तोड़ हारो से पराजित न होते हुए उन्हें जीत में बदलने के लिए उनके वीर हृदय मचल उठे । भारतीयों के अमर उत्साह और मृत्यु प्रेम के आगे विश्वास दुश्मनों के हौसले पस्त हो गए । उनकी विजय की आशा धूमिल पड़ गई और उनके सिपाही घबरा गए ।

अन्याय का आधार कहां होता है ? पाप के पांव नहीं होते । गुनाह आवेगमय होता है । उसमें स्थायित्व नहीं होता दुश्मनों के इस अनाचार में स्थायित्व नहीं था । वह टिकता कैसे ?

पाकिस्तानियों को अपने किए अन्याय का बदला मिला परंतु प्रतिशोध के रूप में कम सुरक्षा भाव में अधिक । उनका अनाचार भारतीयों की आस्था को विचलित नहीं कर सका ।

इंसानियत का तकाजा भारतीयों की रग-रग में भरा था। मानवता का आदर्श भला कौन मिटा सकता है ?

उस भयानक स्थिति को देखकर अजरा का स्नेह विचलित हो उठा। सलोनी का प्रतिदिन मंदिर जाने का नियम उसके मन में आशंकाएं जगाने लगा परंतु सलोनी को मंदिर जाने से रोकने का साहस भी न हुआ। किसी के धार्मिक कृत्य में वह कैसे हस्तक्षेप करे ? सलोनी का मंदिर जाने का नियम अटूट था। अपने आराध्य का दर्शन किए वह चैन नहीं पाती थी।

अंत में अजरा ने अपनी इस समस्या का एक नया हल ढूंढ लिया। उसने उसी दिन कारीगर बुलाए मजदूर बुलवाए और अपनी कोठी के उद्यान में एक मंदिर की नींव डलवा दी। काम तेजी से होने लगा। देश कार्य में व्यस्त सलोनी को इस काम की खबर भी न हुई और पाँच दिन पूरा होते न होते उस सुंदर बगिया में संगमरमरी पत्थरों का सुंदर , छोटा सा मंदिर तैयार हो गया।

मंदिर की दीवारों और सीढ़ियों पर संगमरमर के टुकड़े जड़े हुए थे। मंदिर देखकर अजरा मुग्ध हो गई। उसी दिन उसने पंडित को रुपए देकर भगवान मुरली मनोहर की एक

सुंदर मूर्ति मंगवा ली। दूसरे दिन प्राण प्रतिष्ठा का आयोजन कर के सलोनी को मंदिर जाने के लिए तत्पर देख कर बोली -

"सलोनी !"

"हां ।"

"आज मंदिर न जाओ ।"

"क्यों ?"

सलोनी के माथे पर बल पड़ गए।

"तुम वहां जाती हो तो मेरा जी डरता है सन्नो ! रास्ता खराब है। अगर किसी मजहब परस्त ने तुम्हें काफ़िर जानकर कुछ कर दिया तो .. तो ...तो क्या होगा सलोनी ? नहीं, अब मैं तुम्हें मंदिर न जाने दूंगी ।"

अजरा ने उसके हाथ से पूजा का थाल ले लिया।

"अगर मौत आएगी तो मर जाऊंगी। मौत आए बिना कौन किसे मार सकता है ?"

"लेकिन मेरा जी डरता है ।"

"मेरे मोह से। क्यों है न यही बात ? दीदी , जानती हो ? हमारे मोहन ने कहा है कि आत्मा अमर होती है। उसे कोई मार नहीं

सकता । अगर कोई मुझे मार भी दे तो मेरी आत्मा तो नहीं मर सकती न ।"

"मैं तुम्हें कहां पाऊंगी ?"

"यहां ।"

उसके ह्रदय की ओर संकेत करके सलोनी ने कहा और हंस पड़ी । उसने झुक कर पूजा का थाल उठा लिया ।

"जीते जी बिना उनका दर्शन किए मर जाऊंगी । मुझे जाने दो ।"

"आज से तुम बगिया में पूजा कर लेना ।"

"बगिया में ? लेकिन वहां मोहन को कहां पाऊंगी ?"

"मंदिर में ।"

अजरा ने मुस्करा कर कहा ।

"मंदिर ? कैसा मंदिर ? वहां मंदिर कहां है दीदी ?"

"है । चलो दिखाऊं ।" अजरा ने उसका हाथ पकड़ा और बाग की चल पड़ी । रास्ते में जब उसने बताया कि आज मूर्ति की प्राण प्रतिष्ठा होगी तो सलोनी आश्चर्यचकित रह गई ।

मंदिर की सुंदर कलाकृति और सादगी ने उसे मोह लिया । मुरली मनोहर की मुस्कुराती मूर्ति की कल्पना कर विभोर हो उठी वह ।

पंडितों और हिंदू कार्यकर्ताओं से बाग भरा था । पूजा का आयोजन पूरा हो चुका था । मंदिर के द्वार तक जाकर अजरा रुक गयी -

"जाओ अब । मूर्ति तुम्हारा इंतजार कर रही है ।"

उसने सलोनी से कहा ।

"तुम भी चलो न !"

"नहीं, मैं मुसलमान हूं । मंदिर में नहीं जाऊंगी ।"

"क्या तुम्हारा धर्म मना करता है ?"

"नहीं ।"

"तो ?"

"तुम्हारा मंदिर अपवित्र न हो जाए ।"

"ऐसा न कहो । जो पतित पावन है उसे कौन अपावन कर सकता है ? तुम देवी हो । मुसलमान होकर भी हिंदुत्व का

सम्मान करती हो । तुम्हारे आने से मंदिर भी धन्य हो जाएगा ।"

सलोनी के बहुत आग्रह करने पर भी अजरा भीतर तक नहीं गई । समझाती हुई बोली -

"दीवानी न बनो । जाओ तुम । कहीं किसी पुजारी के मन में विद्रोह जाग गया तो स्थिति बिगड़ जाएगी ।"

विवश होकर सलोनी अकेली ही भीतर चली गई । उसके हाथों पूजा कार्य संपन्न हुआ और मूर्ति की प्राण प्रतिष्ठा हो गई । प्रसाद वितरण के बाद सब लोग चले गए तो सलोनी अजरा के पास आ खड़ी हुई । वह नमाज पढ़ रही थी । मुग्ध दृष्टि से देखती रह गई वह उस पवित्रता की मूर्ति को । सफेद सलवार समीज में लिपटी अजरा देवी जैसी लग रही थी ।

नमाज समाप्त करके वह उठी तो सलोनी दौड़कर उसे से लिपट गई ।

"अजरा दीदी !"

"क्या हुआ ?"

"तुम कितनी महान हो दीदी ! तुम ....."

"पगली , महान तो भगवान होता है । इंसान तो इंसान भी नहीं रह पाता , महान कहां से बनेगा ?"

"नहीं दीदी ! सच , तुम देवी हो । गलती से इस धरती पर आ गई हो ।"

"कौन सी महानता है मुझमे री ?"

"तुम नहीं जानती कि तुमने कितना बड़ा काम किया है । मुसलमान होकर भी तुमने मुरली मनोहर का मंदिर बनवाया और वह भी अपनी ही इमारत में , अपनी ही बगिया में । यह भी नहीं सोचा कि यह दूसरे धर्म की बात है । तुम्हारे मजहब वाले इसका विरोध भी तो कर सकते हैं । मेरे लिए तुमने इतना किया ।"

"वह कुछ भी नहीं । सन्नो ! तुम अपना धर्म मानती हो मैं अपना । तुम मूर्ति की पूजा करती हो मैं नमाज पढ़ती हूं । हमारे बीच विरोध कैसा ? तुम अपने भगवान को पूजो हम अपने खुदा को पुकारे । झगड़ा कैसा ?"

"तो लोग धर्म के नाम पर लड़ते क्यों हैं ?"

"जो धर्म के नाम पर लड़ते हैं वे सच्चे मजहब परस्त नहीं है । मजहब की आड़ में वे अपना स्वार्थ सिद्‌ध करते हैं । खुदा ने कब कहा कि हिंदू और मुसलमान भाई नहीं है ? कौन से मजहब

में लिखा है कि आपस में लड़ो झगड़ो । कौन सा पीर पैगंबर कह गया कि एक-दूसरे का खून पियो ?"

अजरा का स्वर उत्तेजना से भर गया पर दूसरे ही क्षण उसने स्वयं को संयमित कर लिया । बोली -

"धर्म हमें मेल करना सिखाता है । एक दूसरे की सेवा करना सिखाता है । हम जो आपस में लड़ते हैं या एक दूसरे को इल्जाम देते हैं , मजहब का नाम लेकर अपने ही भाइयों का खून बहाते हैं तो इस तरह अपनी खून की प्यास बुझाते हैं । अपनी आत्मा के जानवर को संतुष्ट करते हैं । अपने मन के खूनी दरिंदे को बढ़ावा देते हैं । मैं तुम्हारे मुरली मनोहर और अपने खुदा में कोई अंतर नहीं पाती । जैसे मैंने खुदा की इबादत की वैसे ही तुम्हारे मुरली मनोहर की पूजा की । क्या फर्क पड़ता है ?"

"फर्क तो कुछ भी नहीं है बाजी ! लेकिन इन अंधे दुनिया वालों को कौन समझाए ?"

"वे सब पागल हो गए हैं । उनकी रूह से लिपटा शैतान उन्हें चैन नहीं लेने दे रहा है । जब उसकी प्यास बुझ जाएगी तब सब कुछ शांत हो जाएगा ।"

"दीदी !"

"हां ।"

"काश तुम्हारी ही तरह हर इंसान सोच पाता .. तब ... तब यह खून खराबा न होता । इंसान इंसान को पहचानता । जानों की कीमत समझता और कौम तथा मजहब के बंधन को तोड़ कर आजादी को सच्चे अर्थों में अपना पाता । लेकिन ऐसा हो तब न !

किसी ने सच ही कहा है -

"सख्त दुश्वार है हर काम का आसां होना

आदमी को भी मयस्सर नहीं इंसा होना ।।

अगर आदमी इंसान बन जाए तो उसके आगे सारी खुदाई सर झुका दे । काश , ऐसा हो पाता ..."

सलोनी ने एक गहरी सांस खींची । अजरा खामोश आंखो से शाम के साए में उतरते रात के अंधेरे को देखती रही । समय सरकने लगा ।

ooooo

पाँच

एक दिन ...

सलोनी जब जनरल वार्ड के रोगियों का हाल पूछ रही थी और उन्हें हँसी से सराबोर कर रही थी तब वहाँ एक नया रोगी लाया गया। उस घायल सिपाही को जनरल वार्ड से लगे हुए स्पेशल वार्ड में ले जाकर सुला दिया गया।

कुछ देर बाद ही सलोनी ने सुना कि उसकी हालत बहुत चिंताजनक चल रही है। खून चढ़ाया जा रहा है। दो घंटे बाद वह अपने इस नए रोगी का समाचार जानने के लिए जा पहुंची।

रोगी का पूरा चेहरा पट्टियों से भरा था। हाथ और सीने पर भी कुछ पट्टियां बंधी हुई थी। उस समय वह चेतना में था। पट्टियों से छिपे चेहरे पर दो प्रेरणा भरी, उत्साह भरी आंखें जगमगा रही थी।

कुछ देर सलोनी को वह एकटक देखता रहा और फिर मुस्कुरा दिया लेकिन उसकी मुस्कान को पट्टियों से ढके चेहरे ने प्रगट न होने दिया। उसकी अवस्था पर करुणा हो आयी सलोनी को। स्नेह से रोगी के सिर पर हाथ फेरा उसने। मुस्कुरा कर बोली -

"जल्दी ही ठीक हो जाओगे।"

रोगी बोल नहीं सकता था। सलोनी ने उसे दवा पिलाई और चली गई। नियमित रूप से सलोनी रोगियों का सुख-दुख पूछने जाती। उनकी जरूरतें पूरी करती और अपनी मीठी बातों से उन्हें खुश रखने की कोशिश करती थी।

इस नए रोगी का वह विशेष ध्यान रखती थी क्योंकि वह अन्य की अपेक्षा अधिक कष्ट में था। रोगी भी उसके व्यवहार से बहुत प्रसन्न और संतुष्ट रहते थे। नया रोगी सलोनी का कृतज्ञ था।

दिन पर दिन उसके स्वास्थ्य में सुधार होता जा रहा था और निर्जीव शरीर में जीवन का संचार होने लगा था। सलोनी आती। दो चार मीठे बोल बोल कर उसे सांत्वना देती , दवा खिलाती। कभी-कभी पथ्य भी दे देती और मुस्कुराती हुई चली जाती। सलोनी के जाने के बाद वह उसी के विषय में सोचा करता। उसकी वह लगन , वह सेवा ...।

कुछ दिनों बाद उसके चेहरे की पट्टियां खुल गई । वह बोलने में समर्थ हो गया परंतु उसका चेहरा भयानक हो चुका था । डॉक्टर ने उसे दर्पण नहीं दिखाया क्योंकि उससे संभव था कि उसे सदमा पहुंचता । अब वह सलोनी से छोटी मोटी बातें कर देता था ।

एक दिन सलोनी से उसने बताया -

"लड़ते समय बारूद का गोला बगल में खड़े सैनिक पर आ गिरा था । दो सैनिकों के परखच्चे उड़ गए और मेरा चेहरा और हाथ जख्मी हो गए ।"

"बहुत तकलीफ हुई होगी ।"

उसके भयानक चेहरे को देख कर सलोनी बोली ।

"हां लेकिन देश में होने वाले शत्रुओं के अत्याचारों के अनुपात में वह दुख कुछ भी नहीं था ।"

उसने स्थिर स्वर में उत्तर दिया ।

"तुम्हें देश से बहुत प्यार है ?"

सलोनी ने पूछा ।

"हां सलोनी ! बहुत । देश के लिए मैं सब कुछ बलिदान कर सकता हूं ।"

रोगी उत्साहित था ।

"अच्छे होने पर क्या करोगे ?"

"लड़ाई पर चला जाऊंगा और जब तक इन दगाबाजों को सीमा से बाहर खदेड़ न दूंगा दम नहीं लूंगा ।"

रोगी का चेहरा उत्साह के प्रकाश से दमक रहा था । सलोनी का ह्रदय उसके दीवाने देश प्रेम के सामने अवनत हो गया । मुग्ध सी वह उसके भयानक मुख की ओर देखती रह गई जिस पर जीवंतता का प्रकाश और वीरता का आवेग नृत्य कर रहा था ।

"तुम .... तुम्हारा नाम क्या है ?"

सलोनी ने पूछ लिया ।

"तुमने मुझे पहचाना नहीं ? मैं सुदेश हूँ । वही सुदेश जिससे तुमने एक दिन कहा था - तुम्हारी जगह मैं होती तो खुशी से जाकर सेना में नाम लिखवा लेती ।"

"ओह, तुम ?"

सलोनी आश्चर्यचकित हो उठी ।

क्या यह वही सुंदर युवक है ? कहाँ उसका वह दुखी, सुकुमार शरीर, भयभीत हिरण जैसा आतुर मन और कहां यह धीरता, वीरता और बलिदान की प्रतिमूर्ति । कहाँ वह भीरु सुदेश और कहां यह निर्भय सिपाही । वह सुंदरता की मूर्ति था और यह भयंकरता का प्रतिमान । वह स्वार्थ की सीमा में बंधा था और यह देश पर अपना सर्वस्व वार चुका है ।

"क्या पहचान नहीं सकी ?"

सुदेश ने उसे मौन देखकर पूछा -

"पहचान लिया ।"

"तो गंभीर क्यों हो गई ? सच सलोनी, तुमने मुझे जिंदगी का पाठ पढ़ा दिया । अगर तुमने उस दिन मेरी इतनी भर्त्सना न की होती तो आज मैं दुश्मनों के छक्के न छुड़ा सका होता । जिंदगी को पहचान ही नहीं पाता । जीने में मजा तो तभी आता है जब कफन सर पर बंधा हो । जिंदगी रास तब आती है जब मौत हथेली पर नाचती हो और प्राण बलिदान होने के लिए व्याकुल हो उठते हों । तुमने मुझे जिला दिया सलोनी ! अब तो मुझे लड़कियों का नाम पूछने का अधिकार है न ?"

सुदेश ने चंचलता से पूछा ।

"तुम महान हो सुदेश !"

" धत पगली महानता कैसी ? आदमी इंसान बन जाए यही बहुत है । महान क्या बनेगा कोई ?"

"तुम देवता हो सुदेश ! फर्ज के फरिश्ते ।"

"नहीं । मैं सिर्फ एक अदना सा आदमी हूं और इंसान बनने की कोशिश कर रहा हूँ ।"

सुदेश मुस्करा कर बोला ।

"अच्छा, अब दवा पी लो ।"

सलोनी में बात बदल दी ।

"तुम्हारी बातें किस दवा से कम है सलोनी ! तुमसे बात करने से आधा रोग दूर हो जाता है ।"

"बचे हुए आधे रोग के लिए तो दवा चाहिए न ! लो पियो ।"

सलोनी हँस कर बोली और दवा उसके मुंह में डाल दिया । सुदेश मुस्कुरा पड़ा । दवा पिला कर सलोनी चली गयी । सुदेश सोचता रह गया उसके विषय में ।

कितनी अच्छी है सलोनी । सलोनी में उसे एक नारी का सच्चा रूप दिखा । उसने सुदेश की जीवनधारा मोड़ दी थी ।

उसकी बातों ने उसे जीने की राह सुझा दी थी और उसकी सेवा, स्नेह और देश पर उत्सर्ग होने की भाव भरी बातों ने उसे मौत के मुंह से खींच लिया था । सलोनी की सेवा और बलिदान की भावनाओं ने उसे आकृष्ट कर लिया था और वह सोच रहा था -

काश, भारत की हर नारी ऐसी ही प्रेरणादायक, जीवन्त और देश पर मर मिटने वाली हो सके । भारत महान है । उसकी नारियां उसकी आत्मा है और पुरुष हृदय । भारतीय नारियां फूल से भी सुकुमार, प्यार भरी और मादक हैं । साथ ही चट्टान से अधिक दृढ़, कठोर और त्यागमयी भी ।

०००००

"डॉक्टर साहब ! मैं अपना चेहरा देखना चाहता हूँ ।"

सुदेश ने हठ किया । डॉक्टर साहब ने पहले तो उसे मना किया परंतु बहुत हठ करने पर दर्पण देखने की अनुमति दे दी और यह कठिन काम सौंपा गया सलोनी को ।

दर्पण हाथों में लिए, उस पर आंचल डालकर सलोनी ने कमरे में प्रवेश किया -

"हेलो सुदेश ! कैसे हो ?"

"बहुत अच्छा । अब मैं ठीक हो गया हूं ।"

"हां , बस दो एक दिन में ही रिलीव कर दिए जाओगे ।"

"मैं अपना चेहरा देखूंगा ।"

"क्यों ?"

पूछा सलोनी ने ।

"देखना चाहता हूं कि उस घाव का क्या प्रभाव पड़ा ।"

"कुछ भी पड़ा हो .. क्या करना है ?"

सलोनी ने लापरवाही से कहा और उसके पलंग के पास आ खड़ी हुई । फिर मुस्कुरा कर बोली -

"सुदेश ! लड़ाई पर जाकर मुझे भूल जाओगे या याद रख पाओगे ?"

"तुम्हें कभी नहीं भूल सकता सलोनी !"

"क्यों ?"

"सलोनी !"

सुदेश चुप रह गया । मन की बात होठों तक आकर रुक गई ।

"कहो न !"

सलोनी ने आग्रह किया ।

"सलोनी !"

सुदेश ने उसका हाथ अपने हाथ में ले लिया -

"क्योंकि .... क्योंकि .... नहीं, यह न पूछो ।"

"क्यों न पूछूँ ? तुम्हें बताना होगा ।"

"और न बताऊं तो ?"

"तो मैं तुमसे नाराज हो जाऊंगी ।"

सलोनी ने मुंह बनाते हुए कहा ।

"बताने पर भी नाराज हो गई तो ?"

सुदेश ने पूछा ।

"नहीं , बताने पर नहीं नाराज होऊँगी ।"

"तो.... तो ..मैं तुम्हें कभी नहीं भूल सकता क्योंकि मैं... मैं तुम्हें प्यार करता हूँ सलोनी !"

"सुदेश !"

चौंक पड़ी सलोनी । सुदेश का एक एक शब्द उसके मन के तारों को छेड़ रहा था ।

"हां सलोनी ! मेरे दिल पर हाथ रख कर देखो । मेरी हर धड़कन सिर्फ तुम्हारा ही नाम लिया करती है । मेरी हर सांस तुम्हें पुकारती रहती है । मेरा हर स्वप्न तुम्हें समर्पित है । मेरी भावनाएं, मेरी कल्पनाएं सब तुम्हारी ही हैं सब । तुम मेरी प्रेरणा हो । मेरा जीवन हो ।"

"सुदेश !"

सलोनी के अधर काँप कर रह गए । कितने ही दिनों से वह सुदेश के विचारों में डूबी रहती थी । उसे सुदेश से सहानुभूति थी । उसकी वीरता से मोह था और उसकी बदसूरती के दुर्भाग्य पर स्नेह। परंतु वह अपने मन में उठते भावों का निष्कर्ष नहीं निकाल पा रही थी । आज सुदेश के एक ही वाक्य ने जैसे उसके मन के रहस्य पर से पर्दा उठा दिया । अनचाहे ही सब कुछ स्पष्ट हो गया । यथार्थ की उस मादक अनुभूति में वह लज्जित हो गई थी ।

"सलोनी !"

पुकारा सुदेश ने । लज्जित सी वह चुप रही ।

"सलोनी ! क्या मेरे इस प्यार का प्रतिदान दे सकोगी ? मेरी पूजा अधूरी तो न रह जाएगी ?"

"सुदेश ! मैं ...."

इससे अधिक वह कुछ न कह सकी । सुदेश की हथेलियों में मुख छिपा लिया उसने । मुस्करा कर सुदेश ने उसे अपनी ओर खींचा लेकिन दूसरे ही क्षण मुक्त कर दिया ।

इस बीच सलोनी के आंचल से लिपटा दर्पण एक ओर खिसक गया ।

"ओह, दर्पण भी लाई हो । देखूँ ।"

सुदेश ने दर्पण में अपना मुख देखा और चीख पड़ा ।

"नहीं नहीं । यह नहीं हो सकता । मैं इतना बदसूरत नहीं ।"

उसने चीख कर अपना मुंह घुटनों में छुपा लिया ।

"सुदेश !"

धैर्य धारण करके सलोनी बोली । वह जानती थी कि सुदेश अपने भयंकर रूप को सहन नहीं कर पाएगा परंतु उसे इस कटु यथार्थ से कब तक न अवगत कराया जाता ।

"घबराते क्यों हो ? तुम्हारा सौंदर्य मिट गया तो क्या हुआ ? आत्मा का जो सौंदर्य तुमने पाया है वह किसे सुलभ है ?"

"सलोनी ! मैं ... मेरा चेहरा ... कितना डरावना है.."

"सुदेश ! लेकिन चेहरा ही डरावना है । तुम्हारा मन बहुत सुंदर है । तुम्हारी आत्मा शुद्ध है । देश के लिए सौंदर्य , प्राण , सब कुछ बलिदान किया जा सकता है लेकिन तुम ... तुम कैसे मुझे ..."

सुदेश ने डबडबाई आंखों से सलोनी की ओर देखा ।

"ऐसा नहीं सोचते साथी !"

व्याकुल होकर सलोनी ने सुदेश को अपने आगोश में खींच लिया ।

"मैंने तुमसे प्यार किया है तुम्हारे सौंदर्य से नहीं । तुम्हारा यह भयानक रूप मुझे हृदयहीन सौंदर्य के देवताओं से अधिक प्रिय है । मैंने तुम्हें , तुम्हारी आत्मा को , तुम्हारे हृदय को चाहा है ।"

सलोनी ने उसके आंसू पोंछ दिए ।

"मर्द रोते नहीं। एक बार हंसो। हंसो न .."

"तुम अपनी बातें भूल तो नहीं जाओगी ?"

"मुझे भूलने की आदत नहीं है।"

"तो तुम ...."

"हां , लड़ाई बंद होने पर तुम मुझे सिंदूर पहनाना। और अब मुस्कुरा भी दो ..."

सलोनी ने सुदेश की आंखों में झांकते हुए कहा और वह मुस्कुरा पड़ा।

"अच्छा चलो , अब शाम को फिर आऊंगी। विदा।"

"विदा।"

और सलोनी मुस्कान के फूल खिलाती चली गई।

खुशी से सलोनी का अंग अंग खिला पड़ रहा था। प्यार पाकर धन्य हो उठी थी वह। उसे याद आ रहा था अपना बचपन जो गंगा की लहरों में मचलता रहा था और फिर अजरा का साथ जिसमें उसने बहन का प्यार पाया। एक नए साथी को पाकर जैसे जीवन पथ सुगम हो गया था।

उसे विश्वास था कि उसका यह प्यार असफल नहीं होगा । अजरा की तरह उसे जीवनभर तड़पना नहीं पड़ेगा । असीम की तरह उसका साथी उससे अलग होने को मजबूर नहीं हो उठेगा । वह खुश थी । बेहद खुश ।

सलोनी का प्रेम पाकर और उसका अंतिम निर्णय सुन कर सुदेश का मन झूम उठा था । वह अपनी कुरूपता की बात भूल गया था और गर्व कर रहा था अपने भाग्य पर जिसने कुरूपता देकर भी उसे मनचाहा मीत मिला दिया । सलोनी का प्यार , उसकी महानता और आदर्शों ने उसे अभिभूत कर लिया था । वह सलोनी को अपने खयालों में बसाकर सपनों की दुनिया सजाने लगा था ।

सुबह ही सलोनी शाम को आने का वादा करके गई थी । दोपहर को सुदेश के अफसर का तार मिला ।

लड़ाई शुरू हो गई थी । स्वस्थ होते ही मोर्चे पर जाने का आदेश था । तार पढ़ते ही सुदेश की भुजाएं फड़क उठी । युद्ध करने की कामना बलवती हो गई । आवेश से चेहरा रक्ताभ हो गया । उसने डॉक्टर से अनुमति मांगी लेकिन उसका स्वास्थ्य अभी ठीक से सुधर नहीं सका था ।

डॉक्टर ने उसे रोकना चाहा । सुदेश हँस पड़ा -

"डॉक्टर साहब ! अब मेरा स्वास्थ्य मोर्चे पर ही बनेगा । लड़े बिना मेरे शरीर में बल न आएगा ।"

डॉक्टर ने दो दिन और रुकने का आग्रह किया और दवाओं का सिलसिला खत्म करने के प्रयत्न में लग गए ।

शाम को सलोनी ने सुना तो उसका प्यार सिसक उठा लेकिन देशप्रेम मुस्कुरा पड़ा । उसने हँस कर कहा -

"मेरी किस्मत ! भगवान तुम्हें विजयी बनावे ।"

उसके बाद सलोनी अपने सेवा कार्य में व्यस्त हो गई । दूसरे ही दिन कुछ नए रोगी आ गए और उसका काम बढ़ गया ।दो दिनों तक वह चाह कर भी सुदेश से नहीं मिल पाई । उसका मन तड़प तड़प उठता ।

दो दिन बाद ही सुदेश मोर्चे पर चला जाएगा । फिर जाने कब लौटे लेकिन मरीजों की सेवा से उसे पल भर का भी अवकाश न मिल पाता । और फिर सुदेश के जाने का समय भी आ गया ।

सलोनी ने उस दिन पीली साड़ी पहनी । फूलों का एक सुंदर गुलदस्ता और हार बनाकर आरती का थाल सजाए सुदेश को विदा देने आ पहुंची । माथे पर टीका लगा कर उसने सुदेश

की आरती उतारी। फूलों का हार पहनाया और गुलदस्ता हाथों में देती हुई बोली -

"इस गुलदस्ते का हर फूल तुम्हारी राहों की कोमलता बनेगा साथी!"

"सलोनी! मैं बहुत जल्दी लौटूंगा।"

सुदेश ने कहा।

"हां ... पर मुझे भूल तो न जाओगे?"

"नहीं सलोनी! यह संभव नहीं।"

"अगर जरूरत पड़े तो मुझे भूल जाना लेकिन देश की आन बचाना। देश के लिए लाखों सलोनियाँ बलिदान की जा सकती हैं।"

"मुझे तुम्हारी बात याद रहेगी।"

सुदेश ने उत्साह से भर कर कहा - "अच्छा विदा।"

"अलविदा।"

सलोनी ने उसे विदाई दी। अनायास ही उसकी आँखें भर आयीं लेकिन सुदेश से दृष्टि मिलते ही वह मुस्करा पड़ी। सुदेश भी मुस्कुराता हुआ ट्रेन में जा बैठा। स्तब्ध सी खड़ी रह

गई सलोनी। उस ट्रेन को वह गौरव भरी दृष्टि से देख रही थी जो देश के सपूतों को उनके अपनों से दूर लिए जा रही थी।

ooooo

छै

कुछ देर बाद स्वयं को संभाल लिया चोट सहते सहते वह कठोर हो चुकी थी। साहस करके पूछा कैसे हुआ यह भाभी ?"

"पता नहीं अजरा ! कुछ दिन पहले ही लड़ाई से लौटे हैं। घाव अच्छे नहीं हो पाए अभी तक। कल से होश में नहीं हैं। जाने क्या क्या कहते रहते हैं। तुम्हारा नाम लेकर पुकारते हैं ... मुन्ने को पुकारते हैं। फिर ...फिर .. बेहोश हो जाते हैं। तुम उन्हें बचा लो अजरा ! उनको रोक लो ... कैसे भी। वह कहते हैं - 'मैं जा रहा हूं। मेरी अजरा मुझे बुला रही है।' कभी कहते हैं - 'रुको अजरा ..... मैं आ रहा हूं...' ऐसे ही कहते रहते हैं।"

कहते कहते कमल रो पड़ी। वह अजरा से लिपट गई और सिसकने लगी।

अजरा चुप ...आहत..। इस सदमे ने उसे बिल्कुल जड़ कर दिया था। रिक्शा घर पहुंच चुका था। कमल ने उसका

हाथ खींच कर नीचे उतार लिया। अजरा जैसे अचानक ही होश में आ गयी।

आगे आगे कमल और उसके पीछे अजरा ने घर में प्रवेश किया। कई कमरों के पास से गुजरती जा रही थीं दोनों।

एक स्थान पर अजरा ठिठक कर खड़ी हो गई। पास के कमरे से किसी बच्चे का रुदन भरा स्वर उभर रहा था -

"हमारे पापा को अच्छा कर दो भगवान ! तुम ... तुम .. हमारे पापा को मत मारना .... हम पर दया करो भगवान !... तुम्हारा कुछ नहीं बिगाड़ा है हमने। हम रोज ... तुम्हारी पूजा करेंगे.... हमारे पापा को मत मारना।"

शायद यही था असीम का मुन्ना। उसका प्यारा बेटा जो अपने पापा की जिंदगी भगवान से मांग रहा था।

अजरा आगे बढ़ी। असीम के कमरे में प्रवेश करते हुए उसका दिल बुरी तरह धड़क उठा। पलंग के पास दो प्रसिद्ध डॉक्टर खड़े थे। नर्स शुश्रूषा में लगी थी।

अजरा दौड़ कर पलंग के पास पहुंची। असीम बेहोश था। उसने झुक कर उसका मुँह चूम लेना चाहा लेकिन फिर अचानक ही फर्ज की याद आते ही रुक गयी।

"डॉक्टर !"

उसकी प्रश्न भरी आँखें उठीं ।

"होपलेस । जिंदगी बचाई जा सकती है लेकिन ....।"

"लेकिन क्या ?"

अजरा ने व्याकुल होकर पूछा । इनकी आँखों की ज्योति खत्म हो जाएगी ।"

"डॉक्टर !"

अजरा चीख पड़ी ।

"यह सच है मिस । अब हम जो इंजेक्शन देने जा रहे हैं वह इन्हें मौत के मुंह से खींच लेगा लेकिन उसकी गर्मी से इनकी आंखों की ज्योति नष्ट हो जाएगी ।"

डॉक्टर ने गंभीरता से कहा और इंजेक्शन तैयार करने लगा ।

"समथिंग इस बेटर देन नथिंग ।"

कमलेश का मुख वेदना से काला पड़ गया । एक बार उसका बदन लहराया और दूसरे ही क्षण वह बेहोश होकर गिर पड़ी । नर्स उसे संभालने लगी परंतु अजरा ने आशा नहीं छोड़ी ।

"क्या इनकी आंखें फिर कभी ठीक नहीं हो सकेंगी ?"

उसने पूछा ।

"नहीं , लेकिन अगर कोई अपनी जीवित आंखें दे तो उसके नेत्र गोलक इनकी आंखों में फिट करने पर यह देख सकेंगे ।"

"सच डॉक्टर ?"

अजरा की आंखें चमक उठी ।"

"हां , किंतु यह ऑपरेशन इसी एक घंटे के भीतर ही करना होगा अन्यथा ज्ञान तंतु बेकार हो जाने पर फिर कुछ नहीं हो सकेगा ।"

"मैं अपनी आंखें दूंगी । इन्हें आप ठीक कर दीजिए डॉक्टर !"

"आप ?"

डॉक्टर चौंक पड़े ।

"हाँ , मैं अकेली हूं । किसी को सहारा देने की सामर्थ भी मुझ में नहीं है । इन आंखों को दे कर इन्हें ठीक किया जा सके तो मेरा जीवन सार्थक हो जाए .."

"लेकिन किसी जीवित मनुष्य की आंखें निकालना नृशंसता है । एक क जीवन में उजाला भरने के लिए दूसरे का जीवन अँधेरा

करना कैसे उचित है ? हाँ , अगर किसी तुरंत के मरे व्यक्ति की आँखें मिल सकें तो .... मरने के कुछ देर बाद तक आँखों का जीवन समाप्त नहीं होता ।"

डॉक्टर ने कहा और इंजेक्शन असीम की बाहों में लगा दिया ।

अजरा खामोश थी । उसका चेहरा मन की बेचैनी व्यक्त कर रहा था । उसने पास ही मेज पर रखे डॉक्टर के ऑपरेशन बॉक्स की ओर देखा और तब जब डॉक्टर असीम की चिकित्सा में लगे थे एक हल्की सी चीत्कार उभरी ।

डॉक्टर चौंक पड़े और नर्स चीख उठी । उन्होंने देखा - अजरा का रक्त रंजित शरीर फर्श पर पड़ा तड़प रहा था । उसने ऑपरेशन की छुरी अपने सीने में उतार ली थी ।

डॉक्टर दुसकी ओर बढ़े । नर्स ने बढ़ कर उसे सीधा कर दिया । मृत्यु की छाया उसकी आंखों में डोल रही थी । मुख वेदना से विकृत हो गया था । सीने से खून का फव्वारा छूट रहा था ।

तभी उसने बड़े कष्ट से आंखें खोली । उसके होंठ काँपे -

"डॉक्टर ... अब तो .....मेरी ..आंखें ... उनकी आंखे ठीक ..... कर देना डॉक्टर... मैं.... मेरी आंखें ....."

और कांपते होंठ खामोश हो गए हमेशा हमेशा के लिए ।

::समाप्त:::::::::::::::::::::::::::::::::::::::

www.ingramcontent.com/pod-product-compliance
Lightning Source LLC
LaVergne TN
LVHW050413160726
843469LV00041B/1055

* 9 7 8 9 3 5 5 5 9 2 3 0 9 *